魔豆

魔豆

神使繪卷

The Story of GOD's Agents

05

神使繪卷 05

The Story of GOD's Agents

目錄

神使繪卷

【人物介紹】

珊琳

綠髮、深棕色眼睛的小女娃，
擁有操縱植物的能力。
真實身分是山精，楊家的下一任山神。

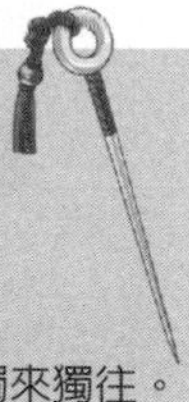

宮一刻

繁星大學中文系一年級，暱稱小白。
在系上作風低調、不常發言，總是獨來獨往。
常使用通訊軟體或手機，與另一端不知名人士聯絡……
具有半神的身分，因緣際會下，
成為了曲九江的神！

柯維安

繁星大學中文系一年級。
娃娃臉，總是揹著一個大背包。
雖然腦筋動得快，但缺乏體力，
以喜愛不可思議事件及都市傳說聞名。
身為神使，大型毛筆是他的武器，
而他許下的願望，竟連妖怪都難以啓齒！

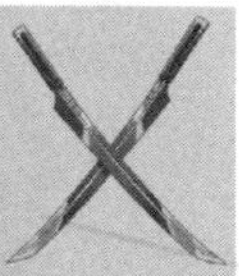

曲九江

繁星大學中文系一年級。
半妖，人類與妖怪的混血　，
對周遭事物都不放在心上的型男。
「山神事件」過後，成為宮一刻的神使。
出乎意料喜歡某種飲料！

楊百罌

繁星大學中文系一年級。
身為班代，個性高傲、自尊心強，
同時責任心也重；常被認為不好相處。
現為楊家狩妖士當家家主。

秋冬語

繁星大學中文系一年級，系上公認的病美人。
外表纖弱，總是面無表情，也鮮少開口說話。
種族不明，隸屬神使公會的一員。
出任務時會戴著狐狸面具並穿著一襲斗篷，
但斗篷下卻是魔法少女夢夢露的裝扮；
武器是洋傘。

安萬里

繁星大學文學研究同好會的社長，
同時也是神使公會的副會長，屬軍師型人物。
文質彬彬，總是笑臉迎人，但其實……
鉛字中毒者，身上總會帶著一本書，
有時會引用名著裡的句子。
妖怪「守鑰」一族。

胡十炎

神使公會的會長，六尾妖狐一枚。
雖然是小男孩的模樣，但卻已有六百多歲。
常頂著張天真無邪的天使面孔，說出宛如
惡魔降臨的恐怖台詞……
對魔法少女夢夢露的愛，無人可比！

楔子

午夜十二點剛過，岩蘿捷運站雖然仍燈光大亮，卻已幾不見人煙。

相較於假日時人潮絡繹不絕，這樣一個平日夜晚，可說是冷清到了荒涼。就連電扶梯也停止運轉，靜悄悄的，一動也不動；懸掛在上頭的電子看板更是不再顯示列車抵達的時間，數字隱沒，化為一片黑暗。

因為末班車早已駛離，此刻這座捷運站不會再有列車發動。

然而在這樣一個宛如空城的偌大地方，忽地竟傳來了年輕人的嬉笑聲。

即使在半夜也不放輕的音量，在空蕩的捷運站內回聲響動，聽起來格外引人注目。

哈哈哈……

喂，動作快點……

但奇怪的是，出入口旁的服務亭內還在收拾物品的執勤人員彷彿未有所聞，完全沒有循聲抬頭、探看究竟。

笑鬧聲越漸吵雜，從應該已經無人的二樓月台上，赫然走下了三名高矮不一的年輕人。燈光投映在他們臉上，看模樣似乎是大學生的年紀。

他們就像在玩鬧似地特意將下樓的步伐踩得沉重，靜止的電扶梯被踩得乒乓作響，在深夜時分裡異常刺耳。

換作是平常，捷運站的執勤人員一定在第一時間出聲喝止，不會任人這般胡來。可是現在他們就像是沒看到、沒聽到，就這麼讓三名年輕人堂而皇之地一路將電扶梯踩得大響，最後竟大搖大擺翻躍出收票口，如入無人之境般離開了岩蘿捷運站。

這一切，都沒有引起執勤人員的注意力。

或者說，他們根本像是不知道還有別人出入。在他們眼所能及的監視螢幕上，並無任何異樣，就連人影也不曾顯現……

「哈哈，爽！」大步踏出岩蘿捷運站，三人中個子最為高壯的年輕人舉高手臂，暢快地大喊，無視周遭被一片寂靜籠罩，絲毫不在乎自己的大嗓門會不會擾人清靜。

半夜的岩蘿鄉可謂安靜得不可思議，路上不見人車，紅綠燈號誌早就進入了閃黃燈的狀態，單調而規律地閃動。兩側店家大多鐵門緊閉，僅剩二十四小時營業的便利商店，以及速食店還亮著燈。

「大哥，真的是很痛快啊！」另一名有些獐頭鼠目的年輕人也興奮地附和，「完全沒被人看見，還不用付車票錢呢！」

「笨蛋啊，你！」最後一人聽同伴這麼說，頓時大翻白眼，順便一掌重重地搧上了對方的腦袋。不管對方氣急敗壞的臉色，他宛如恨鐵不成鋼地說道：「叫你笨蛋還是抬舉你了，老三，你的痛快也太小家子氣了吧？痛快當然是指我們可是隱身從捷運軌道上跑過來，人類可沒辦法做到這種事。」

「啊？但是我們本來就不是人類了……好痛！」輩分似乎最小的年輕人又挨了一記，他敢怒不敢言地摀著頭，也不知道自己說錯什麼，爲什麼會招來那名粗眉毛同伴的訓斥。

我們確實不是人類沒錯啊……

假使這時間還有其他人在場的話，一定會被這三人的談話驚得目瞪口呆，以爲自己聽見了什麼天方夜譚。

從捷運軌道跑過來？不是人類？

一般人根本不可能會有如此荒謬的發言。

但是，那三人的確是說了：他們，不是人類。

「好了，子二、子三，別爲這種無聊小事吵個不停，記得藏好自己的妖氣，別忘記我們來岩蘿鄉可不是來觀光的。」最爲高壯的年輕人擺擺手，目光打量四周，銳利中帶著警戒。

聽聞他這麼一說，另外兩人也不敢再造次。他們對視一眼，接著摩拳擦掌，眼中流露出顯而易見的興奮光芒。再仔細一瞧，就會發現他們的眼裡是眞的燃動著詭譎的青幽色彩，令人想到兩簇夜間的鬼火。

「嘿嘿，大哥，我們三兄弟聯手，絕對能成功的！要神不知鬼不覺地溜到那票狐狸的眼皮子底下，對我們宵鼠來說是再容易不過了！」

「二哥說得沒錯！只要瞞過那些狐狸，找到了傳說中的『唯一』碎片，我們的力量就可以突飛猛進。到時候，四大族算什麼？也只能乖乖聽我們宵鼠一族的話了！」

這兩人你一言我一語地爭著說，似乎已經看見美好遠景就在他們眼前。

「喂喂，你們兩個也未免想太多了，那種事也得等我們眞找到碎片的位置再來說。」被稱爲大哥的高壯年輕人嘴上雖是責備，可方正的臉上盡是藏不住的得意笑容，似乎對接下來要做的事胸有成竹，不認爲自己會失敗。

他們三人，或者說他們三妖，會在半夜來到著名觀光地區的岩蘿鄉，其實是因爲在近日聽聞了一則傳言。那傳言不知是從哪裡來的，但這陣子在妖怪中可說是傳得沸沸揚揚。

聽說，西方山脈的妖狐部落藏有大妖怪「唯一」的碎片。只要獲得碎片，就能獲得難以想像的強大力量。

不論傳言是眞是假，都足以令聽聞者蠢蠢欲動，野心被撩得鑽頭冒出。

妖怪是崇尙力量的種族，誰的力量強，他們就追隨誰。要是有機會能將更強大的力量握在自己手中，誰會想要白白放過？

只不過西方山脈的妖狐部落，絕非是任人來去的地方。

妖狐本就是四大族之一，部落的眞正位置隱蔽，防守嚴密；更遑論西山妖狐這一任的族長以及副族長，皆是稱得上大妖的六尾妖狐與四尾妖狐。

如果沒有絕對的把握，不會有妖怪願意和他們過不去，讓自己平白增加棘手的敵人。

除此之外，雖說大多妖怪都知道他們要找的妖狐部落在西山山脈。但西山的範圍太廣，大小山峰重疊綿延、多不勝數，要找出確切方位實在是件難事。

這也就是爲何妖怪間至今私下仍暗潮洶湧，卻沒有眞正將此事搬上檯面的原因——大夥忙著苦思要怎麼找到妖狐部落的入口都來不及了！

身爲宵鼠一族的子一、子二、子三，自然也是想要得到碎片的一分子。

比較幸運的是，宵鼠向來擅長掙得更多情報。他們知道西山妖狐其實就是定居在岩蘿鄉這一帶的深山中，即使還不曉得是哪塊區域，但搜尋範圍已大大縮小。

他們堅信，只要將岩蘿鄉找個底朝天，還怕找不出妖狐們藏在哪嗎？

「可是，大哥……」子二撓撓腦袋，一雙格外粗濃的眉毛忽然皺了起來，「有件事我一直想問，我知道『唯一』是個活了有上千年之久的大妖怪，族中長老也常告訴我們它很可怕，幸好很早之前就被消滅了，否則對所有妖怪來說都是一場恐怖的災難……它到底是多恐怖啊？它的名字就叫『唯一』嗎？」

「是啊是啊，大哥，這問題我也早就想問了。」子三忙不迭地說，他對傳聞中的大妖怪實際上仍一知半解，「『唯一』是什麼族的？我怎麼都沒聽過有哪一族是叫唯一的？它還能多可怕，難不成能把我們全部妖怪都吃光光不成？」

「白痴，吃妖怪有什麼好可怕的，你不吃嗎？」子一給子三一記重重的爆栗。

「吃啊，我們脊鼠是雜食性嘛……」子三囁嚅地說，還是不知道自己又哪裡說錯了。

「想知道就閉嘴，安靜聽我說完話。」子一抱著胸，橫睨了兩名沒見識的小弟一眼，「我從長老那偷聽過幾次，會叫那大妖怪『唯一』，是因爲它就眞的是唯一、獨一無二、絕無僅有，沒有族人、家人之類的，和我們這些族群完全不一樣。不過，我也不知道那大妖怪眞正的名字是什麼。」

「切……」

「嘖……」

子二和子三頓時失望不已。

「切什麼？嘖什麼？再怎麼說我知道的可都是比你們兩個多了！」被小弟看扁的子一不禁感到惱火，嗓門也拔高了，「我起碼還知道『唯一』有個天敵，那個族的是叫……叫……」

子一突然辭窮，這瞬間竟忘記正確的名稱，只記得是個差不多快滅絕的種族。但他也不想被另外兩人看笑話，正當被逼到打算先胡亂謅個名字出來之時，眼角處猛地捕捉到一道影子。

岩蘿捷運站的廣場前，居然還有他們以外的人！

「誰！」子一心生戒備，想也不想地大喝一聲，目露凶光，拳頭暗中攢握起。

若是普通人類還好，可問題是……普通人類有辦法無聲無息地欺瞞過他們宵鼠的耳目，如此輕易接近這地方嗎？

要不是碰巧看到了，子一根本不會發現那身影的存在。

子二和子三被那聲大吼嚇了一跳，他們慌張地東張西望，直到看到了不遠處的燈柱下，赫然倚立著一抹人影。

淡黃色的燈光映照出那人的身影，卻又被燈柱遮去一半看不真切。

兩名宵鼠族的年輕人不禁大吃一驚。他們雖然在交談，卻沒有降低對周圍的注意力，怎麼……那人影就像是平空出現在那裡一樣？

他是誰？什麼時候出現的？

「我不曉得你是誰，不過……想必不是尋常人類。」子一惡狠狠地說，同時各使了一記眼色給兩名小弟，要他們隨時聽命出手，「你偷偷摸摸地躲在那裡聽我們兄弟說話，存的是什麼居心？」

「那你們三名宵鼠半夜偷偷摸摸地來到岩蘿，存的又是何居心？」那人平靜地反問，從燈柱後走了出來，顯露出完整的相貌。

那是一名看起來比子一、子二、子三都還要年輕的少年，站姿挺拔，臉孔白皙，尚有一分青稚，卻掩蓋不了他的凜凜英氣。不笑的嘴唇給人嚴肅的感覺，一頭短髮呈暗紅色，雙眸有神、瞳孔細狹，在夜色下閃現出不可思議的金耀光澤。

而另外引人注目的，還有這名少年的穿著。在堪稱悶熱的夏季夜晚，他居然穿著一件軍裝風格的大衣，包得密不透風，彷彿整個人錯置了季節。

但是子一、子二、子三在意的絕對不是對方的穿著，他們三人驚疑地面面相覷，沒有漏聽那名少年喊出了他們種族的名字，尋常人類斷不可能知道的；而對方詭異的眼瞳顏色，也證明了他不是人類。

「糟了，大哥，難道他也是來跟我們搶碎片的妖怪嗎？」子二緊張地壓低聲音，萬萬沒想到這當下還殺出一個程咬金。

「怕什麼？他只有一個人，大不了我們三個打他一個，就不信那小子還能贏得了？」子三很快又生起信心，怎樣也不認爲以三打一的話，他們會輸給那名來歷不明的少年。他不懷好意地打量對方的臉，心中已打算只要子一一聲令下，他要怎麼讓那張礙眼的臉皮皮開肉綻、深可見骨。

由於子三的相貌長得實在稱不上好看，因此他對於俊帥之人都懷有一份自卑和怨恨。偏偏此刻站在他們視野內的紅髮少年，那張臉龐俊俏得足以讓多數女孩子傾心。

「閉嘴，都別吵！」意外的是，子一反倒斥罵了身後的兩人一句。他比他們還要見多識廣，這裡既然是西山妖狐的居所之處，面前的紅髮少年還有一雙符合妖狐族特徵的金黃眼睛……

子一不是傻子，不至於還辨認不出對方的身分。

「笑話，誰不知道岩蘿是有名的觀光區？我們……我們兄弟只是來這泡溫泉的，不行嗎？」子一粗聲粗氣地嚷，「你這小子未免也管得太多、太廣了，你住海邊的嗎？」

「我是岩蘿之人，並不是住在海邊。岩蘿的確是以溫泉聞名，然而現今店家皆已閉門，恐怕沒有能讓各位泡溫泉之處。更何況，各位特地隱匿妖氣、身形來此地，顯然也不是單純來遊玩的，否則又怎麼會挑如此不適當的時間？」紅髮少年神情嚴肅、一板一眼地說。

「若是各位眞想泡溫泉，還請擇日來訪。我可以在此先推薦一家旅館，那裡水質極好，服務亦周到，其名為『花見』。對待單純來觀光的外地妖怪也不會怠慢，還會特別打九折優待。」

「什……」子一聽得一愣一愣，對方的反應根本在他的預想之外，那小子是認眞地在推銷嗎？可隨即他就領悟過來，對方怎麼看都像是在故意尋他開心。

想通這點，子一心中登時竄上大把怒火，惱羞成怒地大吼，「臭小子！我管你花見還花不見！別把人當白痴耍！區區一隻毛沒長齊的小妖狐……子二、子三，動手！」

「是！」

雖然說沒想到那名紅髮少年就是妖狐族，但子二和子三早做好了攻擊的準備。一接到子一的命令，他們兩人飛速蹬地而起，從左右包夾那名少年。

他們的皮膚瞬間覆上灰黑毛髮，油光透亮，身上衣物也和那毛髮融為一體，外貌、體型更是眨眼不變。

轉眼間，兩名年輕人就已不復存在，取而代之的是兩隻如人般大的灰色碩鼠。眼燃青光，狀似鬼火，棕黑的粗長尾巴上頭是圓環線條相連，隨即那長尾就如鋼鞭般向著紅髮少年掃出。

趁著紅髮少年被包圍的時候，子一的身子一抖，也跟著回復原形。他露出巨大的門齒，發出令人不舒服的吱吱叫聲，像枚灰色炮彈直衝向前方的紅髮少年，要將那具在他眼中看起來瘦弱的身軀咬得鮮血淋漓。

面對三隻碩大宵鼠的圍擊，紅髮少年神色平淡，還是那副嚴肅有禮的姿態。

「失禮了。」當他說出這三字後，身形一晃，剎那間跳躍出數尺，脫出那鋼鞭般尾巴的攻擊。

而對於子一的來勢洶洶，他原本空無一物的掌心間驀地出現一柄齊眉棍。那長棍色澤青碧，質地如上好透澈的青玉石，微帶冷光。

紅髮少年的眼一凜，青石棍在他手中俐落地轉了一個弧度，被他抓握於中段。他立時化守為攻，挺拔的身子快如疾箭，一晃眼就逼近了子一面前。

子一只覺眼前好似有人影閃過，下一秒，劇烈的疼痛便從他的頭頂、口鼻、下頷這三處爆開，鮮血跟著一塊飛濺。

沒想到紅髮少年看似謹慎，攻擊起來卻如此凌厲、下手不留情面。他的動作快得驚人，三段攻擊一氣呵成，待青石棍的梢端離開子一的下頷，他握緊把端，猛一使勁，這次是重重地掀翻那具碩大的軀體。

與此同時，子二、子三也撲了過來，長尾末端竟燃起青幽火焰，隨著尾巴大力甩動，火焰如火球般接連砸出。

那是宵鼠之火。

紅髮少年眼中映入那兩團青焰，但他呼吸不亂，青石棍迅雷不及掩耳地左右揮擊；先是從中斬斷那來自左方的火焰，接著換右方，然後霍地將青石棍往上一拋。

也不知道那長棍自身是否藏有什麼機關，飛空中，看似一體成形的青碧棍身倏然拆解爲數段，每段之間有著銀鍊接連，長棍登時成了多截棍。

當紅髮少年再次握住柄端，多截棍瞬間如優雅又凶猛的靈蛇，飛也似地重砸上逼近的子二、子三，還專挑他們最脆弱的眼部。

火辣辣的疼痛隨著棍身抽擊，在子二和子三眼前爆開，讓這兩隻宵鼠慘叫出聲，當場只想在地面打滾。

誰知道紅髮少年的攻擊並非這樣就結束，他的眼瞳染過金闇，旋即張口，鮮紅的火焰冷不防噴吐而出，直衝兩隻宵鼠。

宵鼠的皮毛灰亮，上頭富含著油脂，可以避免被雨水打濕、糾結一團。但如今，這卻成了最好的引火材料。

鮮紅的狐火一沾上宵鼠的毛皮，頓時肆虐開來。高溫和灼痛這次是真的逼得子二和子三在地面瘋狂打滾，只盼望能熄滅身上的火焰。

然而狐火本不是尋常火焰，無論如何就是撲滅不了，燒得子二和子三痛不欲生、哀號連連。

這在夜間看來，著實是極爲駭人的一幕。

岩蘿捷運站外的廣場上，有兩隻大如人的碩鼠全身著火，在地面打滾。火焰像是要沖天，隱約還能聞到焦肉味飄出。

紅髮少年無動於衷，眼中映著緋紅烈焰，多截棍在他手中又恢復爲青石長棍。他站得筆挺，平淡肅穆地開口，「請離開，或者是死在這裡。」

「離開……我們離開離開離開！」子一驚恐地扯著嗓子喊，說什麼也無法眼睜睜地見兩名小弟送死。他變回了人形，臉上是青石棍造成的大片猙獰青紫。他這時也顧不得疼痛，慌得連忙撲跪在地，只求對方饒命。

他本以爲對方年幼可欺，萬萬想不到少年的實力如此驚人。

「我們不會再來了！真的不敢再來了！」子一拚命地大吼。

乍聞此言，紅髮少年伸出另一手，張手一握，鮮紅的火焰刹那間全數消散。

地面上只留兩隻奄奄一息的碩大宵鼠，灰亮的皮毛如今被燒得焦黑，看上去可憐又慘不忍睹。

「還請轉告他人，」紅髮少年舉起青石棍，梢端對著子一他們，「岩蘿鄉近日將有貴客來訪，若再來此地搗亂，下次便不會手下留情了。」

「我知道了，我回去立刻告訴我認識的妖怪！我們一定不會再來打擾貴族的！」子一急忙忙地說。像是深怕對方反悔，他火速衝到不知不覺中也變回人形的兩名小弟身旁，一手攙扶一個，就算是走得跌跌撞撞，還是死命加快步伐，說什麼也不敢在此處多逗留一會兒。

那名相貌生得好看的紅髮少年，如今在子一眼中看來，根本就是嚇人的煞星！

紅髮少年確實遵守了承諾，目送著那三道人影離去，沒有再出手攻擊。

等到那三人消失在視野之中，紅髮少年方收回視線，手中的青石棍也化為一縷青煙散去。

少年慢慢地吐出一口氣，感覺掌心其實有些冒汗。

「萬幸……沒有辜負副族長的託付。」那聽起來清亮年輕的聲音說著，蘊含著一絲心滿意足，「否則，實在不知道該如何面對副族長。賭上『近衛』的名譽，一定會好好地等候貴客到來，不敢有絲毫怠慢。今天宵鼠敢來犯，也實在怪他們不長眼。再怎麼說，狐狸可是他們的天敵，鼠又怎麼能敵得過貓科生物呢？」

紅髮少年的表情嚴謹正經，完全看不出來有開玩笑的意味。

然而這番自言自語，倘若讓子一聽見，那名宵鼠恐怕會岔了一口氣，不敢置信地憤怒咆哮：別當我是白痴！狐狸哪是我們的天敵？我們的天敵是貓、是貓，怎樣也輪不到犬科的狐狸！你一隻妖狐，連自己是哪一科的都弄不清楚嗎！

呵……

倏然間，徒留紅髮少年佇立的廣場上竟平空飄出輕滑的笑聲。

「什麼人！」紅髮少年猛然回頭，全身肌肉繃緊，手中青煙再冒。但就在他要握住成形的青石棍之際，那笑聲又一次地輕輕逸出。

呵……

這一次，卻是從紅髮少年的背後響起！

紅髮少年一震，寒意爬上了他的背脊，直竄腦門。他甚至還來不及再轉頭，有一隻手已迅雷不及掩耳地從後伸出，扳住他的下巴，迫使他只能仰頭往上看。

紅髮少年的瞳孔遽然收縮，金澄的瞳孔倒映出另一雙眼。

那是一雙黝黑中滲出幽藍的眼睛。

明明該是黑色的眼，從瞳孔中心竟然擴染出越來越多的藍，最後連眼白也吞噬，成爲藍不見底的詭異深潭。

「匡鐺」一聲，青石棍砸在廣場一角的地面，發出響亮的音響，往旁滾了幾圈後，便再也沒有動靜……

第一章

隨著時間不知不覺來到六月底，氣溫也逐漸攀高，越來越悶熱的天氣宣告著夏季到來，同時迎來的還有全國學生們滿心期待的漫漫暑假。

對於大學生來說，暑假更是格外特別。將近兩個半月甚至三個月的假期，大多數人早在放假前就開始拚命排定計畫，誓必要在暑假裡塞滿多采多姿的活動。

只不過在正式放假前，各大學凡是住宿生，都還必須解決一個重要的任務，那就是——清、空、寢、室。

不管下學年有沒有抽到床位，都得將私人物品清理得一乾二淨、通通帶走，只留下空蕩蕩的床鋪、書桌，以及衣櫃。

繁星大學的男宿也不例外，所有男同學正陷入這波忙碌的搬行李潮中。每天都能看到學生與各自的家人、親戚或是朋友進進出出，忙著將一箱箱打包好的行李搬上車。

宿舍外還可以見到宅配業者設立的臨時據點，方便需要的學生直接將東西寄回家，省去家長舟車勞頓的辛苦。

不過隨著寢室清空的期限逼近，男宿裡的人聲越來越少，變得愈發冷清，因爲那些搬完行李的學生也都回家放暑假了。

最後，偌大的宿舍就只剩下少部分學生還待著。

明明是星期三的正中午，該是人來人往的時間點，但大廳裡如今是一片空蕩，連管理員室負責值班的管理者也不知溜到哪裡去摸魚。

唯獨左側信箱牆前蹲著一抹人影。

宿舍的信箱是按照寢室編號分的，每個信箱都由各寢的室長保管鑰匙，按時檢查有無信件。至於需要簽收的掛號、包裹，就統一由管理員室代收。

蹲在信箱牆前的是個頂著鳥巢般鬈髮的男孩，娃娃臉、大眼睛，臉上還有點雀斑，眉宇間帶著一絲頑皮狡黠的氣息，外表看似未成年，卻是貨眞價實的準大二生。

柯維安就是少數還留在宿舍裡的學生之一，他瞇著眼，搜尋著他們寢室的信箱編號。

這裡的信箱眞是太多了，連研究生的也混在這裡，一排排數字看得人頭昏眼花。

「一〇一、一〇一……爲什麼我們一〇一寢的不是排在最前面？到底是誰說信箱要亂數排的，不知道找起來有多辛苦嗎？」柯維安嘀嘀咕咕地抱怨，眼睛巡視過眾多編號，終於找到那個熟悉的數字。

雖然也不確定是否會有信，但畢竟宿舍快關閉了，還是來檢查一下比較保險。要是有商家優惠券的話，也算賺到。

柯維安打開自己寢的信箱，沒想到裡面還真的靜靜躺著幾封信。他迅速過濾了下，前幾封都是廣告或ＤＭ之類的，居然還有補習班的招生活動……他都大二了，國三衝刺班什麼的對他一點意義也沒有吧。

最後則是一張明信片，一看到上頭的收件人姓名，柯維安紮紮實實地愣了一下。

——宮一刻。

「寄給小白的？」柯維安驚奇地張大眼。他們寢室向來由他負責收信，很少見到一刻收到什麼；署名給曲九江的倒是不少，幾乎是女孩子寫的情書，當然也有男孩子的咒罵或挑釁。只是曲九江總是看也不看便撕了扔到回收桶。

柯維安會知道信裡內容，還是他和一刻在整理寢室要回收的垃圾時，偶然瞄見的。

「誰寄給我家小白的？啊，難不成是小白在外面勾搭了什麼新歡嗎？嘤嘤，小白這個負心漢！」嘴上說著讓當事人聽到，一定會挨對方揍的胡言亂語，好奇心撓得柯維安心口發癢。他偷偷摸摸地望向四周，確定四下無人後，決定將明信片翻面，偷瞄一眼就好。

「咳，我只是想看是不是女孩子寫給小白的，絕對不會偷看信件內容。」柯維安唸唸有詞地說，飛快翻至明信片背面。

一看到上頭貼的照片，柯維安本來就不小的眼睛登時瞠得更圓更大了，他激動得手指都有些顫抖。

照片上是名氣質優雅、容貌秀麗的女孩，一頭烏黑長髮隨意挽在頸後，唇邊綻著吟吟笑意，看上去也是大學生的年紀；身後是壯麗的歐式古堡，也不知是在哪個國家拍的。

「女女女……眞的是女孩子啊！」柯維安彈直了身體，覺得自己這一眼受到莫大的打擊，「太過分了，小白難道要拋下我脫團嗎？不行，情人節去死去死團還需要小白這位小夥伴啊！我們明明說好明年要一起號召更多人去買光電影院的單號……」

柯維安悲憤的喊叫還沒說完，就被一個突來的聲音打斷。

叩叩叩。

聽起來像有人敲著玻璃窗還是玻璃門之類的聲響。

門？柯維安猛地回過神，將其他信和明信片胡亂塞在口袋裡，連忙扭頭朝宿舍大門方向望去，還眞的有人站在門外。

一發現柯維安看見了自己，那人立即露出微笑，接著又眼露困擾地指指文風不動的大門，最後擺出個雙手合十的拜託姿勢。

柯維安馬上想明白是怎麼回事了。

他們宿舍的大門是靠掌紋認證的，非住宿生進不來。平常中午時間都會固定住門扇，讓它維持敞開。但今日值班的同學不知跑哪去偷懶了，忘記將大門打開。

柯維安三步併作兩步地跑上前，讓大門感應到他，「唰」地一聲自動開啟。

「哇啊，太感謝你了！」被擋在外頭的年輕女子終於踏進男宿，她衝著柯維安露出開心又感謝的笑容，眉眼笑得彎彎的，「我正想著要怎麼進來才好呢。」

「別客氣、別客氣。」對方親切的笑容像是有著感染力，柯維安也跟著露出開朗的笑。

面前女子容貌眼生得很，柯維安確定自己不曾見過她。對方留著一頭長鬈髮，五官清秀；雖說不是搶眼型的美女，可渾身洋溢著活力，笑容裡還有一份傻氣，令人見了不禁心生好感，下意識想要親近。

「那個，學姊……妳是來找人的嗎？」柯維安見女子似乎只比自己大上一點，於是選用「學姊」這個稱呼，猜想對方不知是大幾或碩幾的學生。

只是奇怪了，虧他自認消息靈通，怎就沒聽說過繁大裡有這麼一位漂亮學姊？

一聽到柯維安如此稱呼自己，那名女子一呆，隨即吃驚地指指自己，「學姊？我嗎？」

「咦？」柯維安也呆了。

難道不是嗎？該不會跟自己一樣都是要升大二的一年級生？

「不是不是，你弄錯了喔，我不是這學校的學生，我是來幫我弟弟搬行李的。」女子笑咪咪地說，「不好意思啊，這位同學，我還有同伴在停車，他等等就過來了。這門要是關上的話，可以告訴我等等要怎麼開嗎？」

「其實從宿舍裡到外面，就和普通自動門一樣，感應到有人就會自動敞開了。沒關係，我陪妳一起等吧。」柯維安沒想到女子原來是住宿生的家人，既然忙都幫了，乾脆好人做到底，反正自己待在宿舍也沒事，「這位漂亮的姊姊，妳弟弟是哪個系的？我待會兒可以幫忙帶路唷。」

「眞的嗎？那眞是太感謝你了！」女子美眸一亮，感動地握住柯維安的手晃了晃，「太久沒來這裡了，我都有些忘記寢室位置……我家小一刻是中文系一年級的呢！」

「喔喔！那眞是太剛好了，原來妳弟弟是中文一的……」柯維安恍然大悟的表情忽地凝住，剩下的句子也卡在喉頭。他幾乎慢一拍才意識到，那名女子究竟說了什麼名字。

中文一……小一刻……小……小白白白白白!?

柯維安瞪大眼，差點不敢置信地蹦跳起來，這根本是超乎他預期的信息量啊！

「等等等一下！姊姊，妳該不會姓宮吧？」柯維安激動得都結巴了，臉頰還泛紅。

「是啊。咦？你怎麼知道我姓宮？還是我剛說過但卻忘了？」女子困惑地皺著臉，那表情增添了她的稚氣。

「妳……妳弟弟是宮一刻？」柯維安簡直是屏著氣說出來的。

「沒錯沒錯……啊！你認識我們家小一刻嗎？」女子反應過來，不禁驚喜地問，一雙美眸也興奮地瞅著柯維安瞧，似乎相當開心能見到自己弟弟的朋友。

何止是認識，我還是他的同學兼室友兼親愛的！柯維安多想把這些話抬頭挺胸地喊出來，不過這時候還有更重要的事。他熱切無比地反抓握住女子的手，大眼睛閃閃發光，背後彷彿還有尾巴拚命搖。

然後，柯維安大喊了一聲，「姊姊大人啊！原來妳就是小白的姊姊！小白是我們系上給他取的綽號，還有我我我，我是小白最麻吉的好朋友！我的名字是柯……」

「我不管你叫什麼，再不把你的爪子從別人未婚妻手上拿開，當心老子廢了你那雙手。」

柯維安剛聽到陰惻惻的男聲落下，緊接著就感覺到衣領一緊，整個人被大力扯拽開。幸虧他及時站穩，否則就要一屁股跌坐在地了。

而那瞬間，柯維安感受到一股貨真價實的殺氣。他險些就要催動神紋，擺出平常對付瘴的架勢了。

是的，險些。

如果他沒有聽見那關鍵的「未婚妻」三個字的話。

小白姊姊是對方的未婚妻……也就是說，對方是小白的未來姊夫？

嗚啊啊啊，要是失手攻擊下去還得了？他可是要在小白家人面前留下完美印象的！

柯維安摸摸自己的脖子，識時務地不敢再貿然靠太近，免得又被那道忽然出現男宿大廳的高大身影，誤認爲要對他的未婚妻圖謀不軌。

可是當柯維安一看清楚對方的模樣，頓時目瞪口呆。

假使說他家小白的姊姊給人溫暖耀眼的感覺，如同小太陽般，那小白未來的姊夫就是截然相反的另一種形象。

那名男子將稍長的金髮綁成一束，臉孔俊美，然而眉眼間隱藏不住的陰冷戾氣，足以使人退避三舍，嘴唇上還有一個淡銀色的唇環。

一發現對方在打量自己，那名男子回以一道冷厲的目光，嘴角還溢著冷笑。

柯維安抖了抖，覺得對方簡直就像條毒蛇，自己則是被盯上的可憐青蛙或是其他什麼的。

另一邊，長鬈髮女子已板起了臉，「小江，你怎麼可以對小一刻的同學不禮貌？姊姊我……咳，不是，我是說我會生氣的。」

說到一半，那名女子像意會過來自稱詞不對，臉蛋泛起熱度，趕忙改了說法。

柯維安可沒想到那名看起來危險度十足的金髮男子，會有個這麼可愛的暱稱。他及時憋住笑，以防那冷冰冰的視線又掃過來。

和自己的兩名室友近一年相處下來，柯維安很明白什麼叫看氣氛。更何況，他好像嗅到了八卦的味道……原來小白的姊姊和未婚夫是姊弟戀嗎？是說，他們兩人看起來也沒差多少歲哪。

這廂柯維安摸著下巴若有所思地想，八卦雷達蠢蠢欲動；另一廂，金髮男子看向長鬈髮女子的目光冷厲盡褪，只將柔軟的一面留給對方。

「好久沒聽妳這麼稱自己了，莉奈……莉奈姊。」金髮男子的語氣含帶笑意，像有絲懷念地說道。

「那、那是因爲不小心……」宮莉奈白皙的臉頰更紅了，「誰教我以前認識你的時候，我是真的將你……不對，江言一先生，你不要帶開話題。」

猛然思及自己應該是在訓斥未婚夫，宮莉奈迅速又板起臉，美眸睜得大大的，雙手扠腰。只是搭配她那張帶了點天真的臉蛋，就是缺乏了魄力。

柯維安注意到那名叫江言一的年輕男子將目光放在宮莉奈的臉上，他有種自己再不做點什麼拉回那兩人的注意力的話，下一秒估計就會上演什麼閃瞎人的場景的預感。

於是柯維安果斷出聲了，那硬擠出來的咳嗽聲果然很有存在感，登時拉回兩人的神智。

「對不起，這位同學，小江對你太不禮貌了！」總算憶起現場還有其他人，宮莉奈急忙回過頭來，另一手不忘按住江言一的背，要他低頭表示歉意。

江言一還眞的點頭了，只是存有多少歉意的成分則另當別論。

「沒什麼的，我說眞的。」柯維安笑嘻嘻地說，表示自己完全不介意。比起某個視人如無物，有時候還會視人如糞土的室友，他甚至覺得對方算有禮貌了。「小白的姊姊、小白的姊夫，我帶你們到寢室去吧，我和小白是同一寢的。」

柯維安原本是想說「未來姊夫」，但又覺得稍嫌繞口，乾脆直接用「姊夫」稱呼了。但他馬上眼尖地發現到，江言一瞥向他的眼眸瞬間少了敵意，不再將他列爲警戒人物。

柯維安腦筋轉得快，一下就想通原因。他心底暗自得意一把，這下他在他親親小白的家人心中留下好印象啦。

暗暗爲自己喝采，柯維安掩不住滿臉的喜悅之情，帶領著宮莉奈和江言一前往一〇一寢。

他們寢室所在的走廊很安靜，大多數房間房門緊閉。

「很多人都回去了，不過我們寢的都還在。我們這寢除了小白、我之外，還有另一位室友，就我們三個人住而已。」柯維安向兩人介紹，一邊轉動門把，推開門，「小白親愛的，你的……」

柯維安霍然生生收住聲音，映入他眼中的是空無一人的景象——沒有白髮男孩的存在，也不見另一名褐髮青年。

……啊咧？人呢？

柯維安眨眨眼，他記得自己出來前，寢室裡兩人都還在的。隨後他瞄見曲九江的床鋪階梯下擺著一雙鞋，立刻抬頭向上望。

果然有人正面向牆壁睡覺，棕色的髮絲相當顯眼。

柯維安忍不住為自己捏了把冷汗，幸好自己及時吞下聲音，否則吵醒上方的室友，天曉得對方會扔出什麼東西。

扔東西也就算了，怕就怕嚇到小白的家人。

柯維安再掃視寢室一圈，確認另一張床位沒有人後，他撓撓頭髮、壓低聲音，「抱歉啊，姊姊、姊夫，我們寢有人在睡覺，我們就小聲一點……小白好像是跑出去了，我猜他可能是去上廁所或倒水吧，要不我去幫你們找找。」

「嗯嗯，那就拜託你了，柯同學。」宮莉奈從柯維安的身後也看見寢室內有他人在休息，而屬於一刻的書桌旁，正擺著一個行李袋、一個封起的箱子，和另一個未封起的。桌上還有些東西散亂著，顯然還沒有全部收拾完畢，「我和小江就先幫忙小一刻收拾行李吧。」

「叫我維安就可以了！」柯維安擺出個敬禮手勢，娃娃臉上是燦爛的笑容，隨後飛快地跑了出去，「啪噠」的奔跑聲一下遠去。

「很好，接下來就都看我的了。」宮莉奈信心十足地挽起薄外套的袖子，誓必要給一刻一個驚喜，只是下一秒手臂就被人拉住。

「莉奈，我來就可以了，妳坐在椅子上休息。」江言一哪裡捨得讓自己的未婚妻動手，但馬上就換來對方不滿地手扠腰。

「小江，我可是很厲害的，這種小事我一定做得來。」宮莉奈一手扠腰，一手指著江言一，義正辭嚴地說：「難道你不相信我嗎？」

「……那搬箱子的時候，一定得讓我來。」江言一退讓一步，「說好了。」

「嗯，說好了。那就先看我大展神威吧，小一刻回來一定會很感動我幫他收拾完畢的。」

宮莉奈興高采烈地走向一刻的書桌，不忘盡量放輕音響，以免驚擾房裡的另一人。她迫不及待地想要給一刻驚喜，卻在她要觸及桌上物品的剎那間，以為熟睡的身影竟無預警有了動靜。

「誰讓你們進來的？」

當那道低滑的嗓音冷不防落下時，宮莉奈和江言一都吃了一驚。前者輕呼一聲，手指不自覺地揭上心口；後者一個箭步上前，迅速握住她的手。

江言一瞇眼看向上層的床鋪，先前還背對著他們的那身影已然坐起。

那是個棕髮青年，過長的髮絲微鬈，容貌搶眼，氣質看似慵懶，又有幾分冷漠的疏離，一雙狹長的眼睛像是高高在上地俯視他人。

江言一冷哼一聲，眸光轉寒，不客氣地睨視回去。

「誰讓你們動小白的東西？」曲九江慢慢地又說了一句。

那宛如將人當成物品評斷的眼神，令江言一湧上不悅。

江言一實際上是心高氣傲又狠戾的性子，唯有在面對宮莉奈時會收斂起獠牙和爪子。如今見曲九江不光看向自己，還用那樣的眼神看宮莉奈，他上前一步，擋在宮莉奈前方，雙手環胸。

「笑話，宮一刻的東西憑什麼不能碰？」江言一扯出輕蔑的冷笑，縱使自己被人俯視，一身氣勢卻也毫不輸人。

倘若這時候有人自外頭經過，偶然撞見這一幕，恐怕會以爲自己目睹了一場龍虎鬥。

眼見這兩人間的氣氛險惡到似乎一觸即發，及時出聲的人是宮莉奈。

「通通暫停，不可以吵架！」宮莉奈自江言一背後鑽出來，站在走道中央，雙手舉起阻止兩方再針鋒相對。

她先是嚴肅地給了江言一一眼，「小江，你剛剛不是答應我了嗎？」

「抱歉，莉奈。」江言一倒是從善如流地道歉，不過在宮莉奈看不見的角度，他陰狠地瞥視曲九江。

「還有小一刻的室友，不好意思，吵醒你了。」得到江言一的道歉後，宮莉奈再朝曲九江露出歉意的笑容，「我們是來幫小一刻搬行李回家的。」

小一刻？曲九江這下結結實實地愣了一下，這太過可愛的暱稱，還真讓人和那名個性火爆的白髮男孩無法聯想在一塊。但從隻字片語中，他也當即反應過來，忽然進來他們寢室的這兩人便是宮一刻的家人。

曲九江沒有特意開口打招呼，但也不再吐出冷淡挑釁的話語。他只是微點下頭，隨手將散亂的髮絲綁起，難得利用床頭旁的扶梯下了床。

曲九江再怎樣也知道，若是像平時直接躍下的話，只會引來不必要的大驚小怪。

瞧見那名棕髮青年下來後抱胸倚在梯前，也不開口，像是要冷眼觀看他們的一舉一動，江言一瞇起眼，正打算再吐出嘲諷的句子，宮莉奈已經元氣十足地一拍雙手。

「好！要趕緊努力了，不然可沒辦法給小一刻驚喜呢！」說著，不忘特別叮嚀江言一，「小江，不可以插手喔，你和小一刻的室友在旁邊看就好。記得，男孩子不能吵架，要當好朋友，就像你和小一刻一樣。」

曲九江幾乎忍不住挑起眉梢。

面前的金毛傢伙和小白是好朋友？那女人是在說笑話嗎？

而接下來發生的事，則是讓曲九江暫且忘了這個疑問。他表面上還是漠然著一張臉，可是盯著宮莉奈的眼珠裡，染上了越來越多愕然的神色。

他還記得那名鬈髮女子是說要幫忙收拾的，也的確是忙碌得像隻不停歇的蜜蜂……問題是，爲什麼那張本來算是乾淨的桌子會變得越來越亂？擺在地板上的東西也變得更多了？

見到對方居然打算拆開已封好的另一個箱子，曲九江不由自主地彈離倚靠的扶梯，震驚的情緒破天荒地驅使他準備主動開口制止。但話才來到舌尖，門口就先聽見一陣簡直像是驚慌失措的倉促奔跑聲，伴隨著柯維安吃驚的大呼小叫。

「等一下，小白，你跑那麼快是爲……你跑得都像火燒屁股了啊！小白！」

奔跑聲和大呼小叫聲都是從走廊另一端的交誼廳傳來的，才不過一轉眼的時間，一抹人影就像旋風般緊急在一〇一寢門外煞住腳步。

扶著門框，微喘著氣的人是名戴著黑框眼鏡的白髮男孩。他呼吸急促，看起來有絲狼狽，眼神卻是要拚命般的凶狠，像是一頭面對生死關頭、意圖極力反擊的野獸。

那不是中文一多數學生熟悉的眼神，在他們眼中，綽號「小白」的宮一刻應該是低調、不愛理會人，彷彿想降低自己存在感的一號人物。

但是現在這眼神，曲九江已經看過多次。對方在面對瘴異時，時常流露出這模樣。只是目前寢室可沒有瘴異，沒有那種專門吞噬人心欲望的妖怪……

當白髮男孩瞧清了寢室內的景象，他睜大眼，倒抽一口氣，眼中宛如燃起了兩簇火。

「小白白白，你跑得太快了啦！原來你這麼急著想見你姊姊嗎？」柯維安慢了好一會兒才出現，他看見一刻站在門口，沒有進去，頓時狐疑，「怎麼了？房間裡有什麼嗎？難、難道是……」

說到一半，柯維安像是想到什麼般也抽口氣。

小白的那位姊夫怎麼看都不是好脾氣的人，該不會是曲九江醒來跟人家槓上了？

天啊，越想越有可能！柯維安見識過自己那名室友增加仇恨值的能力，他刷白一張臉，對自己方才將人獨自留在寢室裡的失策有些跳腳，慌慌張張地踮起腳尖，好越過一刻查看裡邊的情況，就怕因爲自己的一時疏忽，造成什麼不可收拾的後果。

只是這一看，柯維安的抽氣聲頓時生生卡住。他張大嘴，不禁懷疑自己是不是走錯了寢室。他瞄了下門板上的房號，還是一〇一寢沒錯，那麼……是他走進寢室的方式不對嗎？

更不對啊！他根本還沒走進去！柯維安張口結舌，內心如萬馬奔騰般衝過無數吐槽。他艱困地呑呑口水，望望身邊一刻從白轉青再轉黑的臉色，再望望只是離開幾分鐘的時間，就從整潔變得像是有小颱風肆虐而過的房間。

——災情大部分還集中在一刻位子附近。

「呃……剛剛是有人在裡面打架了嗎？」

好半晌，柯維安只能乾巴巴地拋出最合理的猜測，雖然他自己都不怎麼信服。

「別傻了，柯維安。有我姊在，那個金毛的絕對不可能跟人打架。」一刻面無表情地打碎柯維安的期望。他一步步走進去，拳頭在腰側捏得緊緊，眼中的火焰不論怎麼看都不像是見到家人的興奮。

一刻默默告訴自己，他必須要深呼吸，他必須要忍耐……

「小一刻，你怎麼那麼快就回來了？」宮莉奈大吃一驚，急忙伸手想擋在桌前，「我還沒有幫你整理完啊，你剛是在廁所嗎？快回去、快回去，聽莉奈姊的話，趕緊再回去廁所裡面。等你再出來的時候，就可以看見不一樣的房間了。」

……他還深呼吸個屁啊！他的房間現在就夠不一樣了！一刻理智線瞬間斷裂。

「莉奈姊，給我立正站好，不准亂動！」一刻凶眉倒豎、鐵青著臉怒吼，那一聲威力十足。

明明該是年紀、輩分都比較大的宮莉奈還真的反射性照做，背打直，雙手不忘緊貼腰側。

柯維安只消這一幕，就能看出眼前這對姊弟在家的相處模式了。

「我有交代過吧？」一刻惡狠狠地開口，「妳有兩件事不准做，妳還記得是什麼嗎？」

「嗯，在沒有人陪伴的時候不可以進廚房做菜？還有別碰和掃除相關的事？」宮莉奈認真豎起兩根指頭，無辜地反問。

「那妳說說看，妳現在做的是什麼？」一刻咬牙切齒，恨鐵不成鋼。

「幫你收……等一下，小一刻，我要抗議！」宮莉奈睜圓美眸，覺得無論如何都要替自己申訴，「我可是比以前進步了！」

「……好吧，是沒錯。」一刻還真的緊皺著眉頭，這麼地回答了。

柯維安覺得自己下巴都要掉了。這樣叫有進步？那以前究竟是有多可怕？他瞥了曲九江一眼，發現對方眼中也有著匪夷所思的神色。

「這次災情只控制在我的位子附近，是好很多了……」一刻像是聽見柯維安內心的疑問，自暴自棄地說。他似乎接受了必須從頭再收拾的事實，嘆出長長一口氣、揉揉眉心，放棄繼續化身噴火龍，「莉奈姊在整理這方面上，簡直就是他媽的『天、才』。」

見識過宮莉奈的能力後，柯維安和曲九江都不會認為那加重語氣的兩個字是種讚美。

「還有你，江言一！」一刻不可能真的對宮莉奈生氣，所以他毫不猶豫地將炮火轉向寢室裡的金髮男子，「你竟然讓莉奈姊動手？你靠杯的是沒手沒腳，杵在這裡不會阻止她嗎？」

「你靠杯的才是在說什麼鬼話？」江言一扯開陰冷的笑，「那可是莉奈的好意，要怪就怪你事先不全弄好，還要麻煩到莉奈幫你收尾。」

「我操你媽的！別以為你名義上成了莉奈姊的未婚夫，老子就不敢揍你！」一刻將手指折得卡卡作響，神情凶狠。

「哼，怕你嗎？」江言一譏誚地勾起唇角，「放心好了，等我畢業，就是你真正的堂姊夫了。」

「堂姊夫？」柯維安捕捉到這幾個字，頓時詫異地重複道：「所以說……」

「是啊，我是小一刻的堂姊，叫我莉奈姊或姊姊都可以唷。」宮莉奈笑咪咪地說：「你叫維安對吧？我們就別打擾他們了，小江和小一刻是好朋友呢，高中也是唸同一所的。他們好一陣子沒見，會想多說點話也很正常。」

不不不，眼前這兩人怎麼看都像是感情超級惡劣吧……柯維安張張嘴，但眼見那名鬈髮女子笑得親切開朗，這話登時說不出口。

就在柯維安苦惱著該如何阻止寢室裡即將發生的紛爭之際，宮莉奈喲喝了一聲，幹勁十足地舉起一隻手臂。

「很好，該來繼續努力整理了！維安和小一刻的另一位室友，姊姊我也順便幫你們收吧！」

瞬間，包含素來置身事外的曲九江在內，一〇一寢的三個人都一齊變了臉色。

「拜託住手——」

第二章

最後，為了避免宮莉奈動手讓整間寢室陷入慘不忍睹的境況，一刻、柯維安和曲九江三人破天荒地共同合作，一起用最快速度將那些散亂一地和滿桌面的東西都收拾乾淨。

這中間，一刻順道為自己的室友和堂姊互做了介紹。

柯維安這下才知道，原來宮莉奈是補習班的國文老師，江言一則是一刻高中時的學長。

「哇啊，莉奈姊很厲害耶！」柯維安深感佩服地說：「那麼年輕就是老師，還開了補習班……不過這樣子，同時工作和唸書不是很辛苦嗎？」

「唸書？」宮莉奈眨眨眼，滿臉困惑，美眸依舊渴望地盯著三名忙碌的男孩子，多希望他們能忽然需要自己的幫助。當然，一刻等人絕對不會給她這個機會。「我沒有在唸書啊。」

「咦？」柯維安手上動作頓了下，他抬起頭，然後湧上更多的敬佩，「難道莉奈姊為了專注工作而休……」

「休你老木。」一刻不客氣地用正好抓在手上的詩選課本拍上柯維安腦袋，沒好氣地白他一眼，「把你腦中亂七八糟的東西給老子丟掉。誰休學了？莉奈姊早就大學畢業好幾年了，你以爲她是幾歲？」

「不是和小白的姊夫一樣大，或是大個一、兩歲嗎？」柯維安摸摸後腦，這下打得倒是不用力，他頓時內心喜孜孜，覺得他家小白果然捨不得打他。

「維安你眞會說話，把我想得那麼年輕。」宮莉奈傻氣地露出笑容，接著她故作神祕地說：「其實啊，姊姊我今年是二十九歲……」

「不要再欺騙大眾了，莉奈姊。」一刻冷酷地打斷自家堂姊的話。

「原來是假的，嚇我一跳……我想說莉奈姊怎麼看都只有二十三、四歲吧，怎麼可能二十九歲？」柯維安拍拍胸口，但一刻下一句話卻讓他傻住。

「不管妳是二十九歲又幾個月，都無法改變妳年過三十的事實。」一刻一針見血地說。

柯維安好不容易將張大的嘴巴閉上，驚恐地瞪著宮莉奈。*那張臉是三十幾歲？眞的假的？未免也太詐欺了*——他完全忘記自己也是娃娃臉的事。

就連曲九江的手也不由得停住了，只是他完美地藏起那份震驚。

宮莉奈很快就坐不住了，什麼也不做著實讓她難過，隨即她靈光一閃。

「我去替大家買個飲料吧。」宮莉奈一擊手掌，很驕傲自己想到這個主意，「來的時候，我記得有在外面看到便利商店，可以順便再買點零食。」

「莉奈，我跟妳一塊去。」江言一也站起。

「不用不用，我自己一個人去就可以了。」宮莉奈將江言一壓回椅子上，「小江你待會兒還要帶他們到車子那放行李。」

「或者……」

無預警地，一道不屬於寢室眾人的聲音響起。

「就由我陪小白的堂姊去如何？」

這意料外的聲音，讓所有人反射性轉過頭。

「狐狐狐……」柯維安第一個跳起，指著門外的溫文身影震驚地嚷。

「請問你是？」宮莉奈納悶地望著那名斯文知性的黑髮男子，對方給人沉穩的感覺，嘴角掛著友好的笑意，讓人第一眼就有好感。

「妳好，我是安萬里，小白他們的學長，也是同一個社團的。」安萬里微微一笑，鏡片後的細長眼眸掃向柯維安，微笑愈發溫煦，「維安，你都跳針了，是社長才對。」

「明明就是狐狸眼、狐狸笑……」柯維安含糊地咕噥，下一秒像是驚悟過來，食指迅速再比向安萬里，「慢著，為什麼社長你知道莉奈姊是小白的堂姊？就連我也是今天才知道的耶！」

「這就是爲什麼我是社長，你是社員的原因。」安萬里笑得高深莫測。

柯維安隨後就意識到自己問了一個蠢問題。對方可是安萬里，神使公會的副會長，怎麼可能不知道一刻的身家資料？

「小白的姊姊，我陪妳去好嗎？」安萬里有禮地說：「剛好也可以說說小白平時在社團裡的表現，我們是文學研究同好會，小白相當認眞呢。」

「眞的嗎？那就麻煩你了。」宮莉奈立刻被引起興趣，眼中滿是興致盎然的光采。

江言一心中頓生警戒，任何人都不會樂見自己的未婚妻和另一名男人獨處。

不過一刻倒是阻止了他。

「用不著擔無謂的心。」一刻用著平板、沒起伏的聲音說：「學長他已經有眞愛了。」

是啊是啊，那眞愛就叫蒼井索娜。柯維安在心裡幫忙把話接下去，然後一刻輕踢了他一腳，才拉回他的注意力。

「東西收好了，順便幫我搬吧。」一刻抬抬下巴，自己負責扛起一個箱子。

江言一扛了另一個，最後剩下的是不算太大的行李袋。

「小白，你是當我不在場嗎？」曲九江不悅自己被人無視，他對搬行李沒興趣，可見到一刻直接跳過他，反倒喊了柯維安，便是感到惱火。

「我當你在場你就會幫忙？那好。」一刻揚高眉毛，對於有免費勞力送上門也不推卻，「江言一，你那箱給這傢伙吧。你們車停在哪？」

「外面。」江言一簡潔地說，也不囉嗦，領著三人便往外走。似乎想早點處理完事情，好早點去找宮莉奈。

不過宮莉奈和安萬里的動作比預想中還要快。

一刻等人剛放完行李、調整好位置，遠遠就瞧見那兩道人影走了出來。對方很快也發現到他們都在外面，原本要折回宿舍方向的腳步頓時轉往這裡而來。

「莉奈姊。」一刻才一開口，宮莉奈就小跑步地靠近，她冷不防一把抓握住他的手，雙眸亮晶晶的。

「小一刻，你就去吧，放一百個心去吧，不用顧慮我。」宮莉奈劈頭就是這麼鄭重的一句話。

「啊？」一刻一頭霧水，完全不知道這突然是演哪齣。

「你們學長已經都告訴我了。」宮莉奈認真地說：「你們原本要去社遊的，但是你怕我太久沒見到你，才會推掉社遊，打算一放暑假就先回家看我。」

「……啥？」一刻只能擠出這個音節。任憑自己的手被握住，他茫然地望向宮莉奈後方笑吟吟的安萬里，心裡驀地湧上幾分驚恐。

我操，學長該不會是給莉奈姊洗腦了吧？

「小白，我可不會洗腦這招呢。」安萬里一派從容地說。

一刻的心更是一悚。這樣也猜得到我在想什麼？太變態了吧！

「那是因為小白你的表情太好猜了啦……」柯維安嘀嘀咕咕地說道：「連我也看得出來啊。」

「小一刻，聽姊姊的話，大學生的暑假就要充實地過，社團、戀愛、打架，這才是青春。」宮莉奈瞬也不瞬地盯住堂弟，無比嚴肅地說，似乎不覺得自己舉出的三個選項中有哪裡不對勁，「你就好好地去玩吧，玩完了再回家就好。」

「就算暑假都沒回來也沒差。」江言一插嘴。

一刻惡狠狠地厲了江言一一眼，要不是礙於宮莉奈在場，早就一腳踢踹過去。

「我聽你們學長說了，你們的社團也有女孩子要去。」宮莉奈繼續說道：「小一刻，記得要對女孩子體貼一點，這樣才有機會產生浪漫關係，莉奈姊會為你加油的！」

最後，就像是要表達自己的鼓勵之意，宮莉奈抓緊堂弟的手，熱烈地搖一搖。

一刻第一次覺得自己跟堂姊真的有代溝，否則他怎麼會完全聽不懂對方在說些什麼。

社遊？哪時候有這種鬼玩意的？太久沒見到莉奈姊？我上上禮拜不是才回去的嗎？還有這又和秋冬語、楊百罌有什麼關係……

一刻一時忙著在腦海內吐槽，以至於錯過了宮莉奈鬆開他的手、改鄭重地向安萬里交代「我弟弟就拜託你多多照顧了」，以及宮莉奈向他揮手道別的這一幕。

等到這名白髮男孩總算回過神來，躍入他眼中的赫然是車子揚長而去的畫面。

一刻瞠目結舌，一口氣梗在心頭，不敢相信自家堂姊就眞的將他拋在這裡，只留下一袋飲料零食給他。

……靠杯啊，莉奈姊到底是來接我還是接行李的？

「柯維安！」一刻砸出怒吼。

「有！我……不對吧，這時候不是該喊安萬里嗎？為什麼是喊我的名字？」無端被點到名的柯維安大驚、花容失色，「人不是我殺……呃，我是說鼓吹莉奈姊的不是我啊，小白！」

「嗯，大概是因為每次維安你都有在裡面摻一腳的關係吧？」安萬里摸摸下巴分析，「只能說，做人平常要素行良好一點。」

「最不良好的有什麼資格說我……小白，你怎麼可以這樣冤枉人家？」柯維安哭喪著臉，連一頭亂翹的鬈髮都像沒精神般耷拉了下來。

「咦？咳……抱歉。」一刻忍不住尷尬地摸摸鼻子，自覺過意不去地開口道歉。

確實就像安萬里所說的，柯維安前科太多——看看他神不知鬼不覺地就坑了他們，讓他們成為不可思議社的社員，甚至是神使公會的會員——一刻才會下意識就懷疑到他身上。

不過一刻的愧疚感在聽到柯維安接下來的話後，登時被風吹得一乾二淨。

「小白、小白，你放心好了，你可是我親愛的，我們都同居一年了，我絕對不會就這樣覺得委屈難過。是說我已經物色到新的觀察公園了，下學期開始你陪我一塊去吧，那裡是天堂啊！」柯維安眨巴著眼，笑得一臉天真無邪又孩子氣。

一刻沒有對那句含著太多錯誤訊息的話做出反駁，例如「親愛的」、「同居」，這一年來他已經學會「認真就是輸了」的道理。因此他只是也扯出一抹笑容，陰惻惻、颼冷風的那種，然後毫不猶豫地直接用暴力手段鎮壓——

一記拳頭不客氣砸上柯維安的腦袋。

曲九江無視室友A、B時常上演的老戲碼，他瞥了安萬里一眼，對方還是掛著溫文儒雅的笑容，依舊難以看出笑容底下的真正意圖。

曲九江不是傻子，他不認為安萬里提出的社遊當真只是天外飛來一筆的構想。但是無論對方圖謀的是什麼，都與他毫無關係。

加入了神使公會，不代表他就會言聽計從。

「九江學弟。」安萬里察覺到那道打量的冷漠視線，笑容還是完美得無懈可擊，「你會願意參加社遊嗎？這次的地點是個好地方，我保證。」

「不去。」曲九江傲慢冷笑，在他身上向來找不到對年長者的尊敬。

「是嗎？」安萬里語帶惋惜，可似乎又不感意外，他將目光瞄向了一刻，「小白你呢？」

「……跳過我吧，學長。」雖然對安萬里不好意思，一刻沉默一瞬後，還是拒絕了。即使眞的被自家堂姊拋下，他還是能自己搭車回去，何況比起這突如其來的社遊，他早就有了自己的計畫，「我比較想回家好好大掃除，天知道莉奈姊有沒有對房子進行什麼破壞，就算有江言一那傢伙在，我還是不放心。」

如果是之前，柯維安一定會認爲一刻的說法誇張了點，然而在今日親眼目睹過之後……嗯，他猜一刻的說法說不定還保留了幾分。

「那麼想打掃的話，小白，你乾脆到老爺子家去吧，他那多的是房間讓你掃。」曲九江撇撇唇，像是嘲諷地說。即使已經解了心結，他似乎仍無法坦率地直稱那是自己家，多是以「楊家」或「老爺子家」代替。

「屁，要掃自己去掃。」一刻乾脆地回予中指，「老子可是受夠這一年來免費幫你們清掃房間了。」

「反正還有下一年……咳咳咳，我什麼也沒說，我是說，」柯維安迅速吞下咕噥，改擺出無辜的笑臉，「小白，社遊耶！你真的不去？去嘛去嘛去嘛，拜託去嘛！社長不也說有小語和班代？有班代就表示有珊琳，就表示能和蘿莉一起相處個好……」

「啊，那是我胡扯的。」安萬里笑咪咪地說，看著本來激動得雙眼放光的柯維安瞬間垮了肩膀，「冬語有事，百罌學妹最近好像要和楊老爺子一起參加狩妖士的集會。總之，預定人選就我們四人。要是小白和九江不去的話，就剩我和維安了。」

難道你們就沒有放棄不去的選項？一刻吞下了這話，不明白安萬里對社遊的莫名堅持從何而來。他抓過柯維安，滿心狐疑地和對方咬著耳朵。

「喂，柯維安，你這次真的沒摻一腳？學長幹嘛那麼堅持要社遊？你不覺得這社遊也來得太莫名其妙了……怎麼看都不像是臨時想到的吧？」

「沒有、沒有，小白你要相信我的清白，我可是堅貞得很，不會再背著你亂來的。」柯維安大力地搖著頭，就怕一刻不肯相信自己，「不過那狐狸眼的在想什麼，誰也很難看透的。我要是真能看透，早就也是老妖怪了。但是他點名了我要去，我就得乖乖去，他可是副會長大人……唉，基層人員被壓榨還得看人臉色的悲哀。」

像是怕安萬里聽見，柯維安最後幾句幾乎是用氣音回答一刻。

「事實上，社遊這主意是某人提的，我在剛才接到他的電話。」面對學弟們半是質疑半是不信任的眼神，安萬里氣定神閒地微笑，「他說你們前陣子辛苦了，正好放假，就好好去玩個幾天吧。而擇日不如撞日，就乾脆今天好了，吃住他會請人打點好，我們只要帶著人過去就行。」

「……某人不會是姓胡吧。」一刻面無表情，用的疑問句更像是肯定句。

「十炎很體恤你們幾名小輩，這是他的好意呢。」安萬里還是笑吟吟的。

好意個蛋！要不是一絲理智尚在，一刻當場就要爆出髒話。他至今還記得清清楚楚，那名像是無害小男孩的神使公會會長，當初是怎麼把他們一票神使耍得團團轉。

胡十炎的「好意」，聽起來就是有詐！

「他可以省下他的好意了，老子寧願回去面對可能淹了一堆垃圾的房子。」一刻態度堅決，甚至硬著心腸抵抗起柯維安的閃亮眼神攻擊。

那名娃娃臉男孩就像在拚命地傳遞——不要丟下我一個人啊，小白！我才不要跟一個狐狸眼男人獨處，都已經夠相看兩相厭了！

一刻裝作沒接收到這些訊息。

「看樣子，小白你和九江都不會改變主意了。」安萬里嘆息，卻也沒有再強迫他們。他只是摘下眼鏡、捏捏眉心，不無遺憾地說：「我明白了，雖然說相當可惜，那只好由維安充當僅有的聽眾，聽我介紹『唯一』的傳說了。畢竟我們這回要去的地方，和『唯一』有關。」

一刻剎那間僵住身子，原本要跨出的腳也被硬生生釘住。

唯一？安萬里說的是那個「唯一」嗎？一刻想到這段時日所遇上的那幾個瘴異，它們都宣稱自己是爲了「唯一」，要奉獻「唯一」更多力量。

瘴變異的原因……「唯一」的身分……一刻會加入神使公會，就是想弄清楚一切眞相。如今聽到安萬里這麼說，他繃緊背，臉色變換了幾次，拳頭也猛地攢住。

他怎麼可能放過這次機會？不管胡十炎是不是又挖了什麼坑等他們跳，他也只能義無反顧地跳下去。

「……我去。」一刻硬邦邦地擠出聲音，「學長，請務必算上我一份。」

「小白眞是好孩子，願意陪學長。」安萬里笑得如春風和煦吹拂，「既然有三個人了，社遊也不會太無聊。九江，你就回家多陪陪楊老爺子，他一定也很希望孫子在身邊。」

柯維安發誓自己看見曲九江的眼瞳剎那轉成了冷厲的淡銀色，他簡直忍不住想在心中爲安萬里按個讚了。

安萬里的話裡擺明就是透露著——九江學弟，你確定不來？你的神可是來了哪。

果然，當曲九江的眼眸恢復深色，同時也能聽見一聲冷哼，「我沒說我不去。」

輕易扭轉兩名學弟意願的安萬里輕推眼鏡，唇邊是寬慰的笑意，彷彿在感動著學弟們願意相陪。

然而那笑落在一刻等人眼裡，心底只有一個共同感受——

老狐狸！

□

這場據說是由胡十炎在背後主導的社遊來得突然。

一刻原先還擔心要去的該不會是什麼亂七八糟的地點，例如荒山野嶺、海中孤島之類的，幸好安萬里公布的地名相當正常，也是廣為大眾熟悉的……

岩蘿鄉。

那是一刻也耳熟能詳的知名觀光景點，以溫泉聞名，這幾年新建的溫泉旅館更是多如雨後春筍。

一刻以前曾和家人、朋友去過幾次，假日的觀光客多到他不敢領教。

只是在聽見社遊要去的目的地是岩蘿鄉，一刻安心之餘又有些納悶。那種觀光區眞的會和大妖怪「唯一」有關係嗎？但轉念再一想，連神使公會都能坐落在人潮熙攘的補習街，頓時似乎……也不是太不可思議的事。

「小白，你是不是在想什麼？例如對面座位的那個小蘿莉眞是可愛，戴著紅色斗篷就像小紅帽？喔喔！我們果然是好麻吉，英雄所見略同！」柯維安拉拉身旁一刻的衣角，不但拉回一刻的神智，也爲自己換來了一掌。

「同你妹，鬼才跟你一樣。」一刻就像是要除去禍害般一把摀上柯維安的嘴巴，也不管對方可愛的娃娃臉在他的手掌擠壓下變形。他可不想這話被對面的母女檔聽見，那位母親絕對會投來看變態般的目光。

由於胡十炎的提議（或者說命令更爲恰當），安萬里在聯絡人幫忙處理寢室清空的事宜後，就帶領著三名學弟前往位在北部的岩蘿鄉。

安萬里雖有駕照，不過他表明自己不太喜歡開車，因此他們是搭客運北上，再換搭捷運。通往岩蘿鄉就只有一列觀光列車，車上乘客都是要到同一個目的地。

一刻的白髮還是相當引人注目，但他在大學裡已學會了隱藏自身的凶惡氣息，眼神在鏡片的修飾下也顯得平和許多，所以多數人只是好奇地瞄了幾眼，就被其他景象吸引走注意力。

比起這名白髮男孩，還有人更加搶眼奪目。

「唔嗯嗯，唔嗯嗯唔嗯！」柯維安在嘴巴被摀住的情況下發出一串哼哼唧唧的聲音，視線瞄瞄走道上，又瞄瞄一刻的另一側。

「啊？你說老是有人往這方向看，會不會是那些正太和蘿莉愛上了你，但因爲害羞只好看另一邊隱藏心意？」也虧得一刻有辦法聽得懂和領會柯維安的意思，無視那雙大眼睛散發的感動崇拜，他放下手，給了一臉鄙夷的神色，「別傻了，柯維安，就算有小鬼看過來，他們看的鐵定也不是你。」

一刻說這話是有憑有據的，因爲在他隔壁的隔壁，坐著安萬里。

那名溫文男子還是格紋襯衫加長褲的打扮——一刻默默懷疑對方衣櫃該不會全是同款式的衣服——戴著細框眼鏡，知性又俊雅，然而今日他手上不是拿著書，竟然抱著一隻大型綿羊玩偶。

蓬鬆潔白圓滾滾的身軀，還有一雙圓亮的大眼睛，也不知道是不是故意的，還多做了睫毛在上，格外地長、格外地鬈翹，看上去引人發笑，又忍不住覺得可愛。

一刻想不通安萬里怎麼會帶著一隻玩偶出來，不過那玩偶幾乎吸引了整車廂小孩子的目光，也是不爭的事實。

「可惡的狐狸眼，一定是怕我的魅力比他強，才帶了咩咩君在身上……」柯維安羨慕嫉妒恨得像要咬手巾，「小白我告訴你，那咩咩君可是公會開發部的那群人一次喝醉酒時研發出來的。他們還做了女孩子版本的，叫咩咩子，頭上戴朵花的就是。」

一刻第一百零一次產生質疑，自己加入這個公會究竟是不是正確的決定……你們他媽的可以不要那麼閒嗎？

似乎發覺到柯維安的怨念直射而來，安萬里忽地舉起綿羊玩偶的一隻手，向那些盯得目不轉睛的小孩們揮了揮，充當招呼。

幾個小孩子興奮地叫喊，眸子發亮，反倒是家長有些不好意思，回了尷尬的笑臉。

除了孩子們的叫喊，車廂上同時也可以聽見來自其他處的嘰嘰喳喳聲。

走道上的年輕女孩激動地小小聲嚷。

「好帥！」

「好可愛！」

「男人和玩偶……太犯規了啦！」

女孩們不時自以為不著痕跡地偷覷向安萬里，接著再往旁瞄視的時候，則是忽然閉口不語，雙頰染上了淺淺的緋紅色。

不用說，柯維安和一刻都清楚泰半女性是在看誰。她們看的不是別人，正是一刻旁側的棕髮青年。

曲九江即使是雙手環胸、閉眼假寐，也絲毫不減損他的俊美。那得天獨厚的精緻臉孔輕易就能讓人移不開視線，尤其他微鬈的髮絲在肩前綁成一束馬尾，更添一分慵懶氣息。

「切，只不過是臉好看，個性差得很……」柯維安含糊地唸唸有辭，「哪像我家小白，人帥個性好，根本天使。」

「天你他媽的去死，又在鬼扯什麼？」一刻白了柯維安一眼，彷彿是受夠對方的多話，他乾脆向安萬里借來那隻咩咩君，重重地拍上那張娃娃臉。

「痛痛痛……小白你好狠的心，嚶嚶，郎心如鐵啊。」柯維安抱著綿羊玩偶假裝哭訴，那稚氣的臉和玩偶一相襯，可愛度登時加倍。

一刻都能聽見有一票女孩在直呼著可愛。

「小白、小白，你大二真的不和我一起住嗎？」柯維安抓著綿羊玩偶的手揮動，「都同居一年了，再繼續一起住嘛住嘛住嘛，好不好？」

「好……好你木。」一刻差點就淪陷了，幸好及時清醒過來。他瞪著那名鳥巢頭的鬈髮男孩，就算心裡承認那畫面的殺傷力眞強，天知道他對可愛的東西最缺乏抵抗力，可是他也拒絕再充當他人的老媽子，專門幫自己的室友收尾。

看看他大一的住宿生活，垃圾他倒、衣服他洗、環境亂了他整理，誰教他根本忍耐不下去，做不到視若無睹。

假使說撐到最後的人就是贏了，那一刻只能自認為輸家，以往和宮莉奈的同住生活，讓他對髒亂撐也撐不下。

想想，他簡直比男傭還不如，男傭起碼還有薪水拿！

「我房子早找好了，跟蔚商白、蔚可可他們住一棟，你就用不著再囉哩囉嗦的。反正你自己不也說了，你大二要搬回你師父住的地方？」一刻說。

「是啊，但是……」柯維安的眼睛轉了一圈，卻也沒再多說什麼。

要升上二年級了，他們一群本來都住學校宿舍的住宿生，下學年的新住處也都有了著落。

一刻和自高中就認識的蔚氏兄妹找了同一個地方；柯維安、秋冬語要搬至神使公會提供的員工宿舍；楊百罌和曲九江沒意外的話，則是回到楊家。

一刻將柯維安的沉默當作一時還不習慣他們不再是室友的事實，忍不住想拍拍那顆頭髮翹得亂七八糟的腦袋。

就在這瞬間——

「有種讓人討厭的感覺，這地方。」曲九江霍地睜開雙眼，狹長的眼眸深處隱隱有銀星似的光芒閃過。

「什麼？」一刻一愣，隨即注意到列車放慢了速度，正在進站。

字正腔圓的女聲廣播響起，提醒車上旅客不要忘記隨身攜帶的物品。

岩蘿鄉到了。

第三章

縱然是平日，但或許是七月快到的關係，有的大學已開始放暑假，也有不少高三生早確定有學校可唸，不用再考大考，因此乘捷運來到岩蘿鄉的遊客中不乏許多年輕人。

不想和人擠著搭電扶梯下樓，一刻等人先在月台上等待人潮散去大半，這才開始移動。

岩蘿捷運站相當寬敞挑高，拱形的紅色梁木散發出強烈的風格。一樓大廳中央還矗立著巨大的石雕塑像，模樣像是以前住在這裡的原住民。

「我們先到捷運站外的廣場等吧，十炎說有聯繫好人來這裡接我們，再帶我們到休息的旅館。」安萬里一手懷抱著搶眼的綿羊玩偶，也不在意路人紛紛多看了他幾眼，臉上還是掛著溫煦的笑意。

只是當安萬里走到出票口前，他的微笑不禁轉成帶著困擾的表情。

岩蘿站有數個出票口，這時卻好巧不巧只剩一個顯示能順利通過的綠色圓圈。而偏偏那唯一的出口外面，赫然聚集著三名少年少女。

三人看起來約莫高中生的年紀，穿著便服，或揹或掛著包包，儼然也是到這來玩的外地客。他們似乎沒注意到自己擋到了出來的人，低頭自顧自地盯著手機，不時交換幾句嬉笑話語。

「哇，白目到這種地步……不知道自己擋在出口外面嗎？」柯維安咋下舌，他知道安萬里會客客氣氣地開口請他們三人讓個道，不過依他家小白的脾氣……他瞄了眼後方的白髮男孩，果然見到對方不耐地沉下臉，估計下一秒就要出聲斥喝。

「喂！」

然而出人意料的是，一刻剛吐出不耐煩的一字，另一道聲音硬是快一步蓋了過去。

「還沒死就不要杵在那不動，礙事又礙眼。」明明是低沉悅耳的男性嗓音，字字句句卻是刻薄譏誚得很。

曲九江通過出票口的閘門，高大的身形頓時不客氣地給人帶來壓迫感。

三名年輕孩子先是被那話惹惱，不悅地想瞪向說話人，可緊接著又被無聲無息迫近的身影嚇了一跳。他們驚叫出聲，反射性向後退。

「什……」三人組中唯一的少年很快就回過神來，他染著一頭怪異的綠髮，臉上有著幾處顯眼的痘疤。像是覺得自己退縮的舉動有些丟臉，他心生惱怒，橫眉豎目地狠狠瞪向曲九江，劈頭就是砸出謾罵，「喂！你秋什麼？你以爲你是誰？這地方是你開的嗎？連借過也不會講啊！當這裡是有寫上你的名字……」

「那這裡他媽的就是你開的嗎？」一刻大步走出，不客氣地將話砸了回去，「你是靠杯三小？要玩手機不會滾到旁邊去玩嗎？」

接連被指責，少年氣得暴跳如雷，可本想傾倒出來的成串髒話，在瞧見一刻後，瞬間全吞了回去。

一刻身高不及曲九江，但他凶戾的氣勢和惡狠狠的眼神就足以嚇得人退避三舍。更不用說他還特地摘下眼鏡，那雙銳利的眼眸襯著一頭囂張白髮和雙耳上的多枚耳環，光外表就有嚇阻的作用。

和一刻駭人的壓迫感一比，染著古怪綠髮的少年當下矮了一大截，原先的盛氣凌人消失得無影無蹤。

那名像是特意在頭髮上大作文章的少年白著臉，嘴巴張張闔闔，似乎想試圖擠出什麼話，最後卻只能結結巴巴地喊著同伴的名字，彷彿希望對方幫忙掙回一些面子，別讓人看扁了。

「喂……喂，紀晴兒、莊千凌！喂！」

沒想到被喊到名字的兩名少女毫無回應，綠髮少年連忙扭過頭，卻見到她們正目瞪口呆地直盯著一開始對他們出言不遜的高大青年瞧，眼神都發直了，像是完全沒留意到自己的境況。

「紀晴兒！莊千凌！」少年立即氣急敗壞地拉高聲音大吼，心中的不滿瞬間膨脹，「妳們是不會幫我嗎？幹！只會一臉花痴地盯著別人看嗎？那幾個傢伙剛在挑釁我們耶！」

「什麼？誰花痴了？許明耀，你別太過分！」戴著無鏡片的裝飾用黑框眼鏡，一頭長直髮的少女頓時變了臉色，杏眸瞪大，「我們看誰干你什麼事？」

「千凌說得沒錯，誰教你自己沒人家帥，心眼還那麼小，怪不得千凌當初不想和你交往。」另一名少女也連聲附和，臉上好似還有一分嫌棄和不以爲然。

她的打扮與莊千凌類似，都是長直髮、戴著大大的裝飾用無鏡片眼鏡，差別只在她的鏡框多了一點花俏的圖案。明明兩人相貌不同，可乍看下竟宛如孿生姊妹般，難以分辨。

被自己同伴回嗆的綠髮少年當場臉色青白交錯，最後漲成了豬肝色。

「嗯，雖然那男的染了一頭像枯死的草的顏色……不過，我突然有點同情他了。」柯維安嘖嘖地在旁觀看，當然不忘將音量壓低，免得戰火波及到這邊來，「是說，真奇怪，那兩個女孩子幹嘛都一定要把頭髮壓在眼鏡的腳架下？還都一定要戴那種沒鏡片的粗框黑色大眼鏡？」

「這個嘛，我年紀大了，不太懂得現下年輕人的審美觀。」安萬里微微一笑，「好了，小朋友們，我們到外面廣場上去吧。」

安萬里知道一刻的脾氣火爆歸火爆，不過也清楚分寸，而且有一刻在，也不用擔心曲九江真的會對人類動手。但是他並不打算留在這和那三名年輕孩子多牽扯，畢竟多一事不如少一事。

沒想到一見到他們欲離去，兩名少女馬上扔下了正責怪著的同伴，小跑步地追了上來。

「欸欸，等一下、等一下嘛！」

打扮得有如姊妹花的兩名少女跟到了廣場上，她們一改先前面對同伴時的惱火神色，露出興奮的笑容，緊緊圍在曲九江的身旁，妳一言我一語地連珠炮開口，也不在意自己突來的舉動會不會給人帶來困擾。

「欸，你長得好帥，你也是來這裡玩的嗎？和朋友一起嗎？」

「你們是大學生對不對？是哪一所學校的？要不要乾脆和我們結伴一起玩？反正人多更熱鬧啊！我是紀晴兒，叫我晴兒就可以了！」

「晴兒，妳太詐了！我是莊千凌，可以喊我千千……哪，你叫什麼名字？告訴我們嘛！這次來岩蘿要住下嗎？還是當日遊啊？」

嘰嘰喳喳地搶著說話，兩名少女似乎都沒發現到，被她們圍住的曲九江神情愈發冰冷。

而莊千凌說到一半，還冷不防地高舉起手機，對著曲九江的臉部，「喀嚓」一聲，刺眼的閃光使得曲九江反射性閉了下眼。

「啊，不小心忘記關閃光，不過拍出來的效果也好看耶！嘿嘿，拍到了、拍到了，我要立刻上傳臉書，炫耀給大家看！」莊千凌捧著浮現棕髮青年特寫畫面的手機，開心得又叫又跳，「大家一定會羨慕死的，超級大帥哥耶！」

「什麼啦，這次是千凌妳太詐了啦，我也要拍！」慢人一步的紀晴兒急忙地舉起自己的手機，希望捕捉到比朋友更好的角度。

一刻卻驚見曲九江的髮絲末端隱隱滲出赤紅，微閃銀光的眼瞳滿是陰冷，一身殺氣就要釋放出來。

那名毫不在意他人生命的半妖，是真的會出手！

「曲九江！」一刻想也不想地猝然按住曲九江的肩膀，將人粗暴地往後一拽，自己則是擋在紀晴兒的手機鏡頭前，銳利的眼刀甩了過去。

「咿！」本來興致勃勃的紀晴兒被嚇得手一抖，俏臉褪了血色。

「晴兒！」莊千凌快步靠近，攬住紀晴兒的手臂，像是要給予安慰。她對一刻有些懼怕，但仍是瞪大杏眸，劈里啪啦地倒出斥罵，「你……你這個人怎麼這樣！欺負我們女孩子嗎？拍一下你朋友又不會死，你朋友都沒說什麼了，你沒事搶著出頭做什麼？」

莊千凌喘了口氣，轉頭搜尋自己的另一個朋友。當她發現許明耀後，立刻大喊道。

「許明耀，你說我說的對不對？這些大學生仗勢欺負我們小孩子呢！」

「咦？啊？沒錯，妳說得對！」從頭到尾都受到兩名少女冷落的綠髮少年，一瞧見莊千凌的矛頭終於轉向外人，頓時重新壯起膽子。他上前一大步，擺出凶狠的表情，態度不善地一把推向一刻，「你們秋三小？大學生了不起啊？別以爲高中生就好欺……」

「小孩子還是不要鬧得太過頭比較好呢。」一隻大掌無預警地從中箝住那隻打算推人的手臂，安萬里溫和地微笑，「這裡畢竟是公眾場合，而且沒有經過他人同意就拍照，確實是不禮貌的行爲，還希望另一位小朋友可以將照片刪掉。」

「你說那……」許明耀本來想要大吼出「你說那什麼屁話」，可是剩餘的字句剛來到舌尖，一對上面前男子的溫文笑顏，竟是莫名地說不出口。

許明耀也不知道自己是怎麼回事，對方看上去一點危險性也沒有，興許揍上一拳就會倒了。但他卻覺得自己像被蛇盯上的青蛙，不止動彈不得，還有股寒意爬上背脊、直竄腦門。

「喔喔，不愧有著七百年的差距啊……」柯維安滿心佩服，他這句說得極輕微，接著他加大音量，也插手了這場紛爭。他指指捷運站內的服務亭，拉過三名少年少女的注意力，「同學，你們再鬧下去的話，我就要去找人過來了喔！」

「好過分！你這是在恐嚇我們嗎？信不信我們去報警？」也許是柯維安的娃娃臉太沒威脅

性，紀晴兒反倒是睜圓眼睛，氣呼呼地反駁了回去。

紀晴兒也不在乎捷運站外廣場不時有人經過，反正她們是女孩子，真的被圍觀的話，也只會認爲她們是受委屈的一方。

「我和千凌又沒有做錯什麼，她都有拍到了，我也想拍一張放上臉書，讓更多人看到。那位帥哥也會覺得很高興吧？他要是在網路上爆紅，那就是我和千凌的功勞耶！」

「對嘛，你們未免也太計較了，只不過是這種小事而已啊！」

面對兩名少女得理不饒人且振振有辭的態度，柯維安這下說不出話了。他看向一刻，對方臉上一副匪夷所思的愕然表情，彷彿目睹了外星生物。

柯維安摸摸自己的臉，猜想自己也該是差不多的表情。那兩個女孩子是外星人嗎？根本無法理解她們的思考邏輯，也無法和她們溝通。

「問題是，」在這空檔出聲的人居然是曲九江。他撥開一刻的手，髮絲和眼瞳不再洩露妖化的特徵，然而他唇角卻揚起了冷酷傲慢的笑。他慢慢地說：「我拒絕被醜女拍照，妳們礙事又礙眼，還吵得要命。光是在我視線內，就令我打從心底不舒服。」

這話眞是毒辣得可以。

柯維安張口結舌，他發誓單憑這發言，就足夠使曲九江成爲女性公敵了。

「我的天……小白，你的神使耶。」柯維安拉拉一刻的袖角，不知是感嘆還是敬佩地低聲說道。

「他也是你室友、你同事……」一刻面無表情地回話。

在場大概只有安萬里神色不變，即使聽見自己的學弟說出那麼惡毒的話，他還是笑咪咪的模樣。他鬆開了對許明耀的箝制，心知那名呆住的少年不會再輕舉妄動。

另外兩名少女似乎從不曾被人當面給予這種難堪，傻愣了好一會兒才總算回過神。俏臉瞬間刷成憤怒的紅色，眼眸像是要噴出火焰。

「你、你……」

「你竟然敢說……」

莊千凌和紀晴兒氣得渾身發抖，她們大口吸氣，好似下一秒就要歇斯底里地咒罵。然而下一秒後，她們發出的卻是驚叫聲。

「啊！」

「好燙！」

莊千凌和紀晴兒就像手指受到高溫灼燙，猛地摔了自己的手機。她們的臉孔有一絲扭曲，大力揮甩著手，不時拚命對自己的手指吹氣。

「千凌？晴兒？」許明耀傻傻望著這一幕，不明白她們忽然間發生了什麼事。

好燙？一刻沒有忽視這個關鍵字眼，他想到了火焰，立即投給曲九江一記質問的眼神。

曲九江出乎意料地皺起眉。

「與我無關。」說著，他眉頭皺得更緊了，那張俊美的臉龐繃著，身上不耐的氣勢變得更加明顯。

一刻突然發現，自從到了岩蘿之後，曲九江的脾氣就比平時還暴躁幾分。

這是怎麼回事？岩蘿鄉有什麼嗎？

「原來如此，九江學弟對一些……氣息，似乎比較敏感的樣子。」安萬里瞇眼往某個方向望去，像是已經察覺到什麼。

一刻也往那方向看去，卻感受不到異樣。他用眼神詢問柯維安，後者聳了聳肩膀，表示自己和他是同一派的，不像那個老妖怪和半妖那麼變態。

「好燙，手機怎麼忽然像著火……我的手機！」莊千凌倏然意識到自己竟將手機摔在地上，當下顧不得手指的刺痛，慌慌張張蹲下身。

「萬一摔壞就完蛋了，我才剛換最新款的啊……」紀晴兒哭喪著臉，撿起手機。在確認螢幕沒摔出裂痕、手機也能正常運作後，她瞬間鬆了口氣，破涕為笑。

但是莊千凌就沒那麼幸運了，檢查一番後，她不敢置信地驚呼道：「我剛剛拍的那張照片不見了!?怎麼會這樣？這太奇怪了啊！」

「妳不會重拍就好了？」許明耀反射性回答。

「對喔！明耀你眞聰明！」莊千凌不禁眉開眼笑，全然忘記自己之前的舉動引起他人不悅。她一股腦地站起，興沖沖地再轉向曲九江。

只不過在莊千凌有任何動作之前，一道悅耳婉轉的女聲落了下來。

「你好，安萬里先生。不好意思讓你們久等了，我是前來迎接各位的負責人。」

聲音來得如此湊巧，不光制止了莊千凌的動作，還讓這三名少年少女嚇了一跳，因爲他們完全沒發覺有人靠近。

徐徐走來的是名成熟女子，外貌大約三十出頭，面孔秀美、姿態典雅端莊，長髮在腦後盤成一個髻，一身貼身水藍旗袍勾勒出姣好身材。

那身服裝在觀光區的岩蘿鄉該是異常惹眼，然而穿在女子身上卻讓人覺得一點也不突兀，只覺無限風情、再適合不過。

一刻訝異著對方的出現，但隨即瞄見曲九江的神情變得更加煩躁。他心裡納悶，於是拍了一下對方的手臂。

「不舒服就直說。」一刻壓低聲音，「你當你死撐著就會有草莓蘇打出現嗎？」

「……別把我當白痴，這地方難聞死了。」曲九江沉默一會兒後蹦出哼聲，不過眉宇間的心浮氣躁似乎已退去些許。

「味道？難聞？啊，我明白了、我明白了，怪不得社長說曲九江你比較敏感。」柯維安湊近，也小小聲地說道，不時還覷向那名旗袍女子，「因為半妖也是妖嘛，妖多少都有地盤意識的。」

「啊？」一刻一頭霧水，在他想進一步追問時，那名霍然來到的旗袍女子身後又走上兩道身影。

那兩名男子高頭大馬，黑西裝、黑墨鏡，乍看像是保鏢。

一刻都可以聽到從旁經過的人指指點點地討論著。

「是在拍戲嗎？」

「還是什麼大人物？」

安萬里依然是從容不迫的態度，對於女子的出現也不感意外。他沉穩地朝那名旗袍女子伸出手，「妳好，這幾天要麻煩你們了。」

「哪兒的話，不麻煩。」旗袍女子嬌柔一笑，含帶韻味的眼角瞥向了似乎被自己這陣仗震懾住的三名少年少女，「這幾位小朋友……也是和你們一道的嗎？」

「不，我們素不相識。」安萬里微笑說道：「我們總共就四個人而已。」

「我明白了。」旗袍女子點點頭，目光落至莊千凌、紀晴兒、許明耀的身上。她款款走近，秀美的臉蛋還是帶笑，但一雙美目自有威嚴，「小朋友們是來我們岩羅鄉玩的吧？那還是早點行動，才可以玩到比較多地方呢。所以，就別打擾我的客人們了，好嗎？」

「我……我們……」莊千凌像是要辯駁，可是一看見旗袍女子身後的兩名大漢上前一步，彷若不善地自墨鏡後瞪視自己，頓時心裡畏縮，先前的勇氣也全沒了。她害怕地拉著紀晴兒的手，退到許明耀身後。

忽然成了擋箭牌的許明耀本還想逞英雄，但那兩名保鏢一副一手就能拎起他的模樣，他嚥口水，什麼威風氣勢都消了下去。

「咳，我們正要離開、正要離開……」許明耀乾巴巴地說，一邊往後移動腳步。等到拉開一段距離，當即拔腿就跑。

「明耀！」

「許明耀！」

兩名少女見狀也慌亂地追了上去，誰也不想被單獨留下。

只不過莊千凌似乎還不死心，一跑到對面人行道上，居然又再次朝曲九江舉起手機。

「操！真的聽不懂人話嗎？」一刻火大，乾脆抓下曲九江的帽子，一掌拍上曲九江的臉，迅雷不及掩耳地擋了鏡頭的目標物。

柯維安不知該佩服一刻的眼明手快，還是同情曲九江等同於被人打上臉。

「學不乖的人類小鬼。」旗袍女子蹙眉，她做了個無聲彈指的手勢。

下一瞬間，對面人行道上的莊千凌尖叫，她的手機猛然濺出火花，嚇得她失手扔了手機。紀晴兒和許明耀像被嚇住了，他們終於感覺到事情有古怪，忍不住滿臉驚疑地望向捷運站外廣場。旋即一人飛快幫忙撿起手機，一人拉著莊千凌，三抹身影落荒而逃地遠去。

「人類小鬼就是要教訓一下，才懂得聽話……」旗袍女子柔聲說道，可緊接著便察覺到自己失言了。她摀著唇、細眉蹙攏，憶起自己負責接待的幾名客人中也有人類，「抱歉，我不是……」

「無妨的，想必方才的事也是妳出手相助。」安萬里溫和地說：「非常感謝妳。」

「各位是客人，我等當然要盡地主之誼。況且，那幾名小鬼剛剛的確鬧得太過了。」旗袍女子搖搖頭，忍不住嘆息。

這下一刻等人才知道，先前那兩名少女的手機出現異狀，原來是這名旗袍女子暗中使出的一點小手段。

一般人斷然做不到這事的。

「妳是……妖？」一刻到這時才反應過來，他警覺地瞪向安萬里，「學長，這不是普通的社遊嗎？」

「是社遊沒錯呢，小白。不過這地方和『唯一』有關，最重要的是，這是十炎特地安排的行程。」安萬里笑吟吟地說，就像是在反問一刻——傻孩子，你怎麼會產生這是普通社遊的錯覺。

一刻閉上嘴巴，他果然不該那麼天真。但他也不是真的遲鈍，不到一會兒的工夫他就串聯起安萬里、曲九江還有柯維安說過的話。

曲九江對一些氣息敏感……這裡的味道難聞……半妖也是妖，多少有地盤意識……

換句話說，岩蘿這地方難不成是……！

一刻瞳孔微縮，臉上閃現驚愕。

「岩蘿呢，是十炎的家鄉哪，小白。」安萬里輕易地看穿一刻表情的變化，他斯斯文文地露出微笑，說出的話對一刻而言，卻像平空扔下一顆重磅炸彈，「轟」地一聲，炸得他七葷八素。

「這裡可是西山妖狐一族的大本營，雖說有不少年輕人出外發展，不過像阮小姐這樣修爲有百年以上的妖狐，主要還是住在山中部落裡的。」

「安先生好記性……我們僅見過一、兩次面，你卻還記得我的姓氏。」旗袍女子先是一訝，接著抿唇輕笑，「你眞的是客氣了，在你和族長的面前，我等皆是小輩而已。」

頓了一頓，旗袍女子十指搭起，雙手托置一邊腰側。與此同時，她身後的兩名保鏢也恭恭敬敬地低下頭。

旗袍女子欠身行禮，從嘴唇間吐出的嗓音柔美婉轉，「敝姓阮，阮鳳娘，各位喚我鳳娘即可。奉副族長之命，特來迎接各位。」

阮鳳娘一抬首，眸光流轉，唇角翹起。

「歡迎諸位貴客前來岩蘿之鄉，我等西山妖狐居所之地。」

岩蘿鄉說大不大，但是一旦把四周連綿蒼山也算進去，佔地也稱得上不小了。

從山裡蜿蜒而出的岩蘿溪則是將地劃分成兩側，潺潺溪水帶著熱度，使得岩蘿鄉的氣溫在夏季時顯得格外悶熱。假使在冬季前來，還能見到明顯的白氣升冒氤氳，有如世外仙境。

沿著岩蘿溪旁修築的人行道往上行走，一邊盡是山壁，另一邊則溫泉旅館林立。

阮鳳娘帶領著一刻等人往山區的方向前進，兩名高頭大馬的保鏢負責殿後。一行人大約步行了近十分鐘，就看見道路分岔，岩蘿溪的上游是往左方的路徑延展進去。那裡的溪水溫度更高，隱約飄著煙氣，還能嗅到淡淡的硫磺味。

一刻還記得往那走，會抵達一座青礦谷公園。雖是公園，可每日只開放到傍晚五點，裡頭是一座佔地遼廣的湖泊，那就是岩蘿溪的源頭，青礦泉。

青礦泉的上方終日冒騰著高溫造成的白茫煙霧，湖畔周圍全用欄杆圍了起來，以防有人失足跌落。畢竟青礦泉的溫度直逼百度，危險程度不是開玩笑的。

「那裡是青礦谷，其實裡面還有一條徑道，能通往另一座小湖泊呢。」留意到一刻的視線，阮鳳娘放緩了腳步，柔聲介紹著。

「只是那湖雖小，卻相當深，和岩蘿溪不同條水脈，湖水就算是夏天也格外冰冷。以前曾發生多次溺水事件，但立了警告牌後，還是有人類無視，擅自下湖戲水，使得憾事一而再、再而三上演；最後只好封起那條路，阻止外人進入。不過這樣也沒辦法完全阻止，就在數天前，又有幾名不聽勸的年輕人白白丟了⋯⋯抱歉。」

似乎是覺得自己這話太過掃興，阮鳳娘趕忙打住。她給了眾人一抹歉意的微笑，轉開了話題。

「雖然那小湖不適合戲水，可是湖景卻稱得上一絕。如果客人們對那裡感興趣的話，之後鳳娘倒是可以帶領各位前往一遊。」

「但那邊不是封起來了嗎？」柯維安好奇地問。

「那地方也是我族的領地，由我這位『祭祀者』做擔保的話，還是能進入，不會受阻的。」阮鳳娘掩唇輕笑。

「祭祀者？是什麼意思？」柯維安一有問題就忍不住想知道答案。

「我們一族會由能力來決定位置，各司其職，他人則統稱我們這樣的人爲『專者』，也就是代表著專門以此爲職責之人。『祭祀者』就是我的職位名稱，凡是族裡的祭典儀式都是由我負責主導。」阮鳳娘簡單解釋，卻沒想到隨後會聽見另一個對她來說無比熟悉的名詞。

只是那名詞，竟是由白髮的人類男孩口中說出。

「『巫者』也是……對嗎？」一刻問道。

「巫者？小白，巫者又是指什麼？」柯維安立刻纏著自己的室友。

「類似占卜師，現在好像也替妖狐族占卜基金走向和股票之類的……」一刻推開那張無自覺靠得太近的娃娃臉，發覺到多道目光都在看著自己，他不自在地皺下眉，「我有一個……朋友，也是妖狐族的，這是她以前告訴我的。」

「什麼？小白你有妖狐族的朋友卻沒有跟我說？你怎麼能瞞著人家，我不是你的心愛的、親愛的嗎？」柯維安震驚地張大眼，語氣哀怨地控訴。

「愛你去死啦。」一刻被吵得煩了，五指抓住柯維安的臉，將他往旁使勁一推。

柯維安踉蹌幾步，差點撞上另一邊的曲九江。

知道這一撞下去，大概離死不遠了，柯維安忙不迭用力扭轉身勢，改巴住安萬里的一隻手臂，總算穩住了身體。

「幸好、幸好，起碼狐狸眼不會一把火燒了我。」柯維安拍拍胸口，慶幸自己的反應迅速。

「我聽到了，維安。」安萬里似笑非笑地睨了一眼。

「不，你聽錯了，我是說英明神武的社長大人！社長大人，請讓小的幫你拿咩咩君吧！」柯維安迅速改口，動作飛快地搶過安萬里抱著的綿羊玩偶，以示自己只是要替學長服務，絕對沒有其他心思。

「這次就放過你，最多只會提醒一下十炎，他之前有個夢夢露紀念杯一直找不到，其實是某人跟里梨失手砸了它，被毀屍滅跡了。」無視某人頓時煞白一張臉，安萬里笑笑地對著阮鳳娘說：「鳳娘小姐，再麻煩妳帶路了。」

「這是自然，請隨我來。」阮鳳娘頷首，領著眾人繼續往山上走。

越往上，就離塵囂越遠，不知不覺已罕見其他遊客的行蹤。

只不過，還未真的進入山林地區，阮鳳娘忽然就停了下來。在她左前方，矗立著一幢寬廣的和風建築。黑瓦白牆，近大門處立著兩座石燈籠，外邊雕刻著日與月的圖案。牆上懸掛招牌，金漆醒目地題寫了六個大字——

花見溫泉旅館

「此處是各位這幾日住宿的地方。」阮鳳娘回過身，語帶歉意地朝安萬里等人欠身一揖，「照理說應該帶領各位至我族部落，只是再一個多月就是陰七月，這是我們對農曆七月的稱呼。而此刻，族裡正值『淨齋期』，族人們皆在靜心養神，為了陰七月的祭典做準備。礙於族規，無法讓客人們在部落中留宿。」

「祭典的事，我倒是有聽十炎提過一二。沒關係的，一切就依照貴族的規定。」安萬里有禮地說：「我曾來這住過花見旅館幾次，這裡的浴池相當舒服，還多虧鳳娘小姐安排了。」

「不，這都是我應當做的。」見安萬里對住宿處滿意，阮鳳娘也安心下來，她跟著微笑，

「不過花見旅館確實是連其他妖族之人也誇讚，各位請一定要試試這裡的大眾池。從未泡過裸湯的人可能不習慣，但這絕對是來到岩蘿不能錯過的。」

「大眾池？」柯維安雙眼瞬間亮了，「有時間限制嗎？這時候就可以泡了嗎？」

「啊，當然。一切都已打點好，我也吩咐過旅館的人了，各位只管好好在此放鬆享……」

阮鳳娘的最後一字還沒說完，柯維安已迫不及待地抓著一刻，衝進了旅館大門。

還能聽見那名娃娃臉男孩的歡呼聲和一刻的咒罵從尚未關緊的自動門內飄出來。

「小白，我們一起泡澡！裸湯耶，我早就想試試這種袒裎相見的滋味了啊！放心好了，我會盡心盡力幫你刷背的，親愛的！」

「祖你媽的……柯維安，你X的別讓別人以為我們在搞基！」

「……受。」阮鳳娘終於把最後一字說完。她詫異地望著旅館大廳——櫃台後的服務人員顯然早已受到囑咐，沒有多加攔阻——再望向安萬里，一時間像是不知該如何反應才好。

而一路上都悶不吭聲的曲九江驀地也自顧自地走了進去，全然無視他人。

「不好意思，讓妳見笑了。維安他們雖然是神使，但還是小孩子心性。」安萬里苦笑著嘆氣，可語氣中卻充滿著對晚輩的縱容，「鳳娘小姐，那我就先進去了，否則我擔心維安有危險了。」

阮鳳娘面露困惑，自是不解話中何意。

安萬里笑了笑，沒解釋，邁步也走進花見旅館。他可不認爲曲九江也是急著想泡溫泉，在他看來，對方更像是要勉爲其難地解救自己的神，順便讓另一名室友B一頭淹死在池裡算了。

「等等，安先生。」後頭的阮鳳娘忽地輕聲喊住那抹溫雅身影；待安萬里回頭，她迎步趕上，嬌柔的嗓音放得更輕微了。除了安萬里之外，旁人根本無法聽見她的話聲。

這名旗袍女子說：「不止是其餘妖族來擾之事，族裡的孩童失蹤案……你是否也已知曉了？所以，族長才會讓你和三位神使……」

安萬里的笑意微斂，鏡片後的眼瞳掠過一絲嚴肅，然後點了點頭。

——是的，他確實知道。

第四章

柯維安當然沒有眞的淹死在大眾池裡。

爲了避免憾事發生，安萬里拿出學長的威嚴，及時將三名學弟先趕到房間去。

柯維安本來還一臉哀怨，怨嘆自己的泡澡計畫受到阻礙。他都想好了，袒裎相見最能促進男人間的友誼，還可以趁著幫小白刷背的時候，不遺餘力地宣揚蘿莉、正太有多美好，他最近追的萌番動畫又是多麼美好……運氣好的話，說不定就能洗腦，不，傳教成功，讓小白一起領悟到新世界！

不過這些哀怨在柯維安見到旅館房間布置後，瞬間就被他扔到一邊去了。

阮鳳娘幫忙安排的是四人房，房間出乎意料地寬敞，擺放著兩張雙人床，潔白的枕頭與棉被充滿著吸引力。

「看起來眞是太棒了！」柯維安歡呼一聲，小孩子心性地撲上其中一張大床，在上頭滾了幾圈，然後撐起身體，興高采烈地拍著身旁的空位，「小白甜心，我們一起睡！哎呀哎呀，同床共枕眞是太令人心裡小鹿亂撞了。自從那次在班代家睡過之後，我們就……」

剩下的話被一團砸來的白色物體堵住，也中斷了柯維安的拋媚眼。

柯維安悶哼一聲，整個人被衝力撞得向後倒，臉上還蓋著比他腦袋還大的綿羊玩偶。

「操，誰跟你睡過了？你是不是真的很想嘗試一睡之後就不再醒來的滋味？」扔砸出綿羊玩偶的一刻露出獰笑，十根手指折得卡卡作響，逐漸逼近床鋪，「柯維安，你放心好了，老子很擅長這個的。」

「呃……小白你還是別太擅長好了，哈哈。」柯維安迅速抱著玩偶翻坐起，毫不猶豫地轉換話題，「所以小白，今晚就跟我睡對吧？」

「……啊？」這話題轉得確實太快，一刻一愣，身上凶狠的氣勢也一滯。但很快地，他的眉毛便狠狠皺了起來。

一刻對當時和柯維安在楊家客房借宿的情景仍記憶猶新，對方的睡相根本差得要死，都有辦法從床上睡到床下了，誰知道這回會不會將他踢下去？

一刻一秒就想拒絕，只是當他瞄見另一張床鋪上的景象，瞬間啞口無言。

曲九江居然趁著大家都沒注意的時候，直接佔去了另一張床，連棉被都蓋好了，一副就是準備隨時入睡的模樣。

你靠杯的也太自動自發了吧？一刻默默地在心裡吐槽。

「話先說在前頭。」曲九江看似漫不經心地開口，可髮絲末端一路向上染上艷紅，眼眸內閃過銀光，「我拒絕和人分享床。」

「幹，那你是不會滾去沙發上睡嗎？」那傲慢的姿態讓一刻看了就火大，他抄起一顆枕頭，重重地往那名青年身上扔，「你以爲你體積有多大？一個人就佔了整張床是哪招？床就只有兩張，要嘛你滾去睡沙發，要嘛你就跟……」

「不不不不要啊，小白！」發現一刻的目光竟是不自覺地掃向自己，柯維安大驚失色，臉都刷白了，只差沒捧著臉驚聲尖叫：「你怎麼能如此狠心？你無情無義、無理取……嗯？好像用詞不對？」

柯維安認眞地皺起眉，隨後放棄研究，乾脆往床外撲出，一半的身體掛在外面，兩隻手臂使勁地抱住一刻的腰不放。

一刻閃避不及，只得臉色鐵青地被抱個正著。

「小白。」柯維安淚眼汪汪，像是要被拋棄的可憐幼犬，「你就不怕隔天起來找不到人家了嗎？」

一刻語塞。先不論柯維安的神情令他動搖——那小子絕對是抓緊他的弱點，吃定他抵抗不了可愛的人事物——柯維安說的事不管怎麼想，還眞是他媽的太有可能發生了。

一刻多少也了解自己收的那位半妖神使的性子，他抹了把臉，下意識地看向安萬里。

「這個嘛，事實上我也不太習慣和人同睡。」安萬里微微一笑，「但是，男孩們，很高興你們注意到我的存在。我有些話要先說，我晚點就會出門一趟，和鳳娘小姐約好了碰面。」

「約會嗎？等一下，社長你的眞愛不是蒼井索娜，什麼時候口味換成熟女了？」柯維安大吃一驚地從一刻的腰後探出頭，還是維持著那看起來很艱難的姿勢。

「你的腦袋可以再糟糕一點，維安，下次我會請帝君幫你洗洗的。」安萬里溫和地說，只是那吟吟笑意立刻讓柯維安閉上嘴。

要是讓他那位師父出手，他的小命估計也沒有了吧？

感覺師父很有可能眞的會把自己的腦袋剖開，然後把內容物拿出來洗洗之類的……咿！柯維安抖了抖，結果身子一時失去平衡，整個人倒栽蔥跌到床鋪底下。

「小白，這就是標準的想太多是種病，別學維安。」安萬里推推眼鏡，唇邊還是掛著溫煦的弧度，理所當然地將柯維安的落地聲以及接隨而來的哀叫當作背景音。

「十炎在公會，西山妖狐一族現在地位最高的，就是他們的副族長了。雖然說快要陰七月，山裡的妖狐大多不露面，但基於情理和禮節，我都該先去和對方打聲招呼。所以我已經和鳳娘小姐約好，晚些時候就請她帶我入山，我還要幫十炎轉達一些事。也不知道會待多久，床位可以不用算我的了，留沙發給我便行。小白，你和維安一起睡，九江學弟就自己一個人睡吧。這樣，對房間也是好事。」

一刻自然聽得出安萬里的言下之意——別起爭執把這房間也拆了，免得對人不好交代。但是安萬里的話中似乎有什麼觸動了他，一刻臉上不自覺地流露出一抹若有所思的神情。

「怎麼了嗎？」安萬里留意到了，「啊，小白是想問我事情嗎？放心好了，索娜是我的眞愛沒錯。」

「呃，不……」一刻一點也不想知道這種事，他下意識耙耙一頭白髮，「我只是在想，我認識的那個妖狐族朋友也是副族長，不過我不確定她是屬於哪一支的……妖狐族應該分了不少支吧？」

「確實是有細分，但最大宗的大概就屬西山和離山。」安萬里點點頭，「還是說，小白待會兒要跟我一塊入山？」

「什麼？不行、不行！那怎麼可以！」柯維安馬上止住哀號，飛快地從地面跳起，緊緊抓住一刻的一隻手，「社長大人、副會長大人，你自己一個人去就行了。去去，快走吧，小白可是要和我一起泡溫泉的。太寂寞的話就帶咩咩君一起去吧，來，咩咩君送你，慢走不送。」

柯維安撈起床上的綿羊玩偶，大力塞進安萬里的懷抱中，就怕對方眞的拐走他預定要袒裎相見的小夥伴。

「學長，你是要去談正事的，我還是別去打擾好了。而且現在還是什麼淨齋期，大不了我之後再打電話給對方。」一刻皺著眉頭說。皺眉的原因不曉得是因爲時機不適當，還是因爲有人像水蛭般黏著他的手臂不放。

「是嗎？也好。」安萬里自是不勉強，「我要說的就這些了，你們可以儘管去泡溫泉了。雖然花見旅館的服務人員都是妖狐族，但還有其他客人在。記得小打小鬧不要太超過，以免引來不必要的麻煩。還有，維安。」

「是？」柯維安納悶地眨眨眼，不知道怎會點名到自己身上，他可是素行良好、奉公守法的好公民呢。

「你有東西掉出來了。」安萬里說。

柯維安反射性地低頭一看，可地毯上什麼也沒有。

「是在你剛滾床的時候掉的，然後碰巧和枕頭沾在了一起，然後……」安萬里的話沒說完，只是目光改轉向另一方。

頓時，所有人都反應過來了，那枕頭就是被一刻方才扔出的那顆。

曲九江不感興趣地將枕頭翻過，那面果然黏著東西，是一張明信片。

「啊！」柯維安急忙摸向自己的口袋，猛然想起自己竟然忘記了那張明信片的存在，那是他家小白的明信片！

「曲九江，把東西還給柯維安。」一刻抱胸說道。

「你把我當成什麼了？小白，我對他的東西可沒半點興趣。」曲九江嘲諷似地哼笑一聲，看也不看便要將明信片扔出——如果不是他的眼角正好捕捉到上面的收件人姓名的話。

曲九江銀眸微瞇，當下毫不在意所謂的隱私權，就這麼將明信片翻面，看起了上面的內容。

「啊——」柯維安又大叫一聲，但這回的意義完全不同，他氣急敗壞地指著曲九江喊，「你竟然看起來了？那是寄給小白的啊！而且連我都還沒看過！」

「慢著，我的？」一刻愕然，視線隨即刺向柯維安，「那為什麼會在你身上？」

「冤枉啊，小白！」柯維安委屈地喊冤，「人家只是一時忘記拿給你，我是去檢查信箱才發現的。我沒有騙你，看我天真無邪又誠懇的眼睛！」

「我只看到你眼睛抽筋。」一刻一掌拍上柯維安的臉，但也沒有懷疑對方所說。

那名娃娃臉男孩看起來隨便，可也拿捏得好事情輕重，不會擅自窺探太私人的隱私。不像另一個傢伙，明知道是別人的東西，還堂而皇之地看起來。

「曲九江。」一刻警告地放低聲音，「你他媽的不想被揍就把東西還我。」

曲九江挑高了眉梢，眼神像是挑釁。然而在一刻準備扳折指關節的時候，他離開了床上，將明信片遞向前，並且拋下一句。

「你女朋友看起來比你高。」

「啥鬼？」一刻感到莫名其妙，接過明信片一看，頓時明白曲九江爲什麼會這樣說。

「很漂亮的女孩子呢，小白。」安萬里也走近，望見明信片上貼附了一張秀麗女孩的照片，「所以眞的是你女朋友？似乎比你高。」

「聽你們在豪小啦！最好照片看得出來，是當老子有多矮？」接連被針對身高讓一刻黑了臉，「這傢伙不是我女朋友，我的目標是可愛型的女、孩、子。」

「哎？只是普通朋友嗎？」柯維安撓撓臉，不懂一刻爲何要在最後幾字上加重語氣。而既然一刻似乎不介意旁人看，他也不再壓抑自己的好奇心，湊過來將明信片的內容看個仔細。

原來那是一張來自英國的明信片，上頭寫的是簡單又不失眞摯的問候，末端的署名則是一個漂亮的名字。

——夏墨河。

「是我高中同學，畢業後就去英國留學唸書了。」一刻隨手將明信片擱至床頭櫃上。

在檯燈燈光照耀下，照片上的長髮女孩笑靨如花，宛若耀眼的光源體。

「小白，標準太高也不好啊。」柯維安語重心長地拍拍一刻的肩膀，「這位夏墨河同學也不輸班代……不過我還是比較開心你沒有拋下我脫團，我們還是好夥伴，明年情人節一起去把電影院的單號位都買光光吧！」

「買你妹，誰的標準高了？」一刻沒好氣地推開柯維安，「老子的性向又不是彎的。」

這話一出，另外三人霎時怔住。

一刻望了望表情如出一轍的三人，突然感到心情大好。他咧出一口白牙，慢慢說，「那傢伙，可是個僞娘。」

「喔喔，這麼漂亮果然是僞……呃，僞娘？僞僞僞僞娘!?」柯維安目瞪口呆，被這資訊衝擊得整個人都不太對勁，就連說起話來也有些結結巴巴，「不、不是吧，小白，你是說……」

「他是男的，自稱有著中度女裝癖。」一刻爽快地回答，心中有種惡作劇得逞的快感。平常總被柯維安、曲九江氣得半死，或是被安萬里耍著玩，今天換他吐了一口氣。他感到暢快無比，頓時也有了泡溫泉的心情。

柯維安一時只能目送著白髮男孩瀟灑離去的背影，還找不回完整發聲的能力。

那個漂亮的女……不對，男孩子，性別竟然和我們這票人一樣？他雖然常在動畫裡看見僞娘角色，可沒想到現實中還眞讓自己碰上一個。

相較於柯維安呆傻原地，安萬里則是若有所思地以手指抵著下巴，「經過了七百年，世界變得有點超出我的想像了呢。」

「……不過是個男的，離楊百罌還有一截。」至於曲九江則冷冷地給出這句結論，就毫不客氣地佔去了整張床鋪。比起溫泉，床顯然對他更有吸引力。

柯維安不禁深深體認到，自己的感想才是最正常的。

「啊，不對！小白，你別拋下我一個人！等等我啊，小白——」霍然想起自己被人拋棄了，柯維安反射性抓起包包，慌忙地拔腿追出，那長長的一串哀叫迴盪了整條走廊。

□

柯維安是在鞋櫃區發現一刻的蹤影。

花見旅館的大眾池設在地下一樓，一進入大門，就是個擺立諸多鞋櫃的大廳，還有幾張木頭長椅供人稍作休息。

那名白髮男孩就站在木頭地板上，一邊將拎著的鞋子放進鞋櫃裡，一邊握著掛滿吊飾的粉紅色手機，不知道在跟誰說話。

「小白，你不進去嗎？」柯維安好奇地盯著一刻，豎直了耳朵，想知道手機的另一端是誰。是時常提及的青梅竹馬嗎？還是莉奈姊……

或許是柯維安想探聽八卦的眼神太過明顯，一刻朝他做了個揮趕的手勢，接著像注意到什麼似地稍微挪開手機。

「靠，你泡澡還帶什麼包包？別說你想一邊泡，一邊用筆電……算了，你先進去，我晚點就……妳的第六感又是怎麼回事？什麼？不是第六感，是危機感？見鬼了，蘇染，叫蘇冉不要插播進來，你們明明在同一個房間裡，直接開擴音是會怎樣？我不是說了，社團臨時舉辦社遊，我過幾天就回潭雅市了……」一刻話的前半段是給柯維安的，後半段則是給通話對象。

似乎是和通話另一端陷入了某種爭辯，一刻不再看柯維安一眼，自顧自地走到不妨礙他人通行的角落。不時可以見到他皺眉，或是驟然放鬆繃緊的臉部線條，露出不甚明顯的笑意。

柯維安狐疑地眨眨眼，覺得自己剛剛從一刻口中應該是聽見了兩個人名。不過那兩個名字……怎麼聽上去都一模一樣？

雖然想拉著一刻進去一塊泡溫泉，但從以往的經驗來看，柯維安明白對方這一講，估計十幾二十分鐘跑不掉。

「小白，你要快點進來，不然人家會空虛寂寞冷的。」柯維安朝一刻拋出一記媚眼。

從大門口外正好走進了另一抹身影。

那人不偏不倚聽到這句話，一愣，看了看鞋櫃前的柯維安，再看看被拋媚眼的一刻，臉上露出古怪的表情。

幹，去死吧！一刻對柯維安做了個無聲的嘴形，中指豎得高高的，隨後再凶狠地比出一個抹脖子的動作。

柯維安心虛地傻笑幾聲，一發現先前進來的那名少年已熟門熟路地放好鞋子、走進更衣室，他也趕緊追了上去。再多逗留一秒，他怕自己的室友眞的會動手掐死自己。

花見旅館的大眾池是男女分開的，因此更衣室裡沒有特別增設隔間，就只有讓人擱放衣物的置物櫃。通道上也擺著幾張長椅，另一側則是一整面的鏡子，讓人可以照看儀容。

柯維安推開門走進去，發現裡頭除了剛才見到的那名少年外，再無他人。用一扇霧玻璃自動門隔開的大眾池裡也沒聽到什麼聲響，或許裡頭也是空空蕩蕩的。

剛剛在外面沒看仔細，現在一看，柯維安才發現那名紅髮少年長得相當英氣俊秀，就是表情稍嫌嚴肅，彷彿泡溫泉是件工作，而不是令人放鬆身心的享受。

柯維安將自己的包包放進其中一格置物櫃內，他真的是太習慣帶著筆電隨處跑了，才會反射性抓著筆電下來。他迅速掃瞄對方一眼——軍裝大衣？在這種悶熱的天氣裡穿成這樣來泡溫泉，會不會太誇張了一點——然後露出友善的笑臉。

「你好啊。」柯維安向來是自來熟的個性，就算面對陌生人也能熱絡攀談。在他的字典裡，「畏縮」和「怕生」就像是不曾存在。

「……你好。」紅髮少年沒預料到這聲招呼，他愣了下，但還是轉過視線，拘謹地回了兩個字。

「花見的大眾池聽說很棒，我今天是第一次來泡；剛外面那位在講手機的是我麻吉。」柯維安笑嘻嘻地說，手上動作也沒停下，逐一解開釦子，「你是自己一個人嗎？」

「……不，我還有同伴。」紅髮少年沒想到對話還會繼續下去，有些僵硬地擠出聲音。

柯維安注意到了，對方看起來不擅長與不認識的人交談。他撓撓臉頰，吞下了剩餘的句子，也不好意思再勉強對方和自己聊天。

紅髮少年似乎對此鬆了一口氣，臉部線條不再繃得那麼緊。

花見旅館的大眾池是裸湯，依規定不能攜帶毛巾入內，只能全身赤裸地進去。柯維安雖說是初次來，卻也不覺得彆扭，一下就脫了上衣、長褲。

當他身上只剩下一條四角內褲時，一截落在長椅上的布料冷不防吸引了他的注意。

柯維安不禁停住脫下四角褲的動作，他傻愣愣地看著那截黑色布料，或者說，貼身的衣物!?

或者再更精確地說……那是一件屬於女性的胸罩！

柯維安身子僵住、嘴巴張大。他艱困地吞吞口水，視線小心翼翼地移轉。

那抹紅髮身影可能是不習慣當著他人的面脫衣，所以是背對著柯維安的，失去上衣遮蔽的背部白皙無瑕。

柯維安事後總忍不住後悔，自己爲什麼要選在那時候開口，而不是直接靜悄悄地溜走。

可是這時候的柯維安，只想證明自己的猜測有誤。他不可能……眞的走進了那個「禁地」吧？他的確是看也沒看地就跟著別人走進更衣室，但、但是，那名紅頭髮的客人怎麼看應該都是和自己同性別的……

「呃，請問……這裡是男更衣室，對吧？」柯維安乾巴巴地問，然後他就看見那抹背對自己、打算要彎身的人影剎那間僵直不動。

「那個，難道說……」柯維安簡直要恨死自己總習慣打破砂鍋問到底的個性，他管不住嘴巴，就是想弄清眞相，「你……妳，是女的？」

此話一出，更衣室內瞬間化為針落可聞的詭異死寂，而這同時也等於了變相的回答。

柯維安這輩子從來沒有像現在這樣希望地面最好能馬上裂出一個洞，將自己整個人吞下。他冷汗淋漓，該移動的雙腳卻像是過度緊張而釘在原地。

柯維安的腦袋現在只有一個聲音在驚恐地尖叫：靠靠靠！真的誤闖了女子更衣——

紅髮少女雙手緊摀住胸，猝然轉過臉。她的瞳孔以肉眼可見的速度變窄、縮細，下一秒，金艷的色彩覆蓋於上，一身冰冽殺氣隨之溢出。

柯維安最後一絲希望也破碎——例如對方其實只是喜歡女性內衣的特殊愛好者。

「雖、雖然現在解釋有點太晚了，但我還是想說，我真的不是故意……」柯維安感受到那名紅髮少女身上不但釋出了殺氣還有妖氣。他暗叫不妙，可還是極力想做點挽救，「我發誓！我不是故意要闖進來，我真的不知道妳是女的……我以為這裡是男更衣室啊！」

猝不及防間朝自己噴吐出的火焰，讓柯維安的辯白猛地拔成了淒厲的慘叫。

「柯維安！」外頭傳來了一刻急促的大喊。

柯維安想要回應一刻，然而紅髮少女顯然拒絕給他任何機會。

「你這可惡的登徒子……我還以為你跟我同樣，原來你竟是圖謀不軌！」搶在更衣室外的腳步聲逼近之前，紅髮少女迅雷不及掩耳地抓過椅上的大衣披上，將赤裸的上半身包得緊密。

她的眼眸金闇、瞳如針尖，暗紅的狐耳從髮絲底下冒出。

就在同樣色彩的狐尾映入柯維安眼中之際，紅髮少女雙手掌心間閃動光華，瞬時朝地面擊打出去。

不待柯維安反應過來，成串詭異圖紋已如潮水漫淹而出，轉眼覆蓋了整間更衣室。再一晃眼竟成了白茫煙氣，迅速吞沒更衣室的出入口，使得此地成爲密閉空間。

「柯維安，你在哪裡？操！爲什麼你的聲音是從女子更衣室……」

就連一刻的叫喊聲也逐漸變得模糊，宛如自遠方傳來，隨後也消失無蹤。

柯維安忽然慶幸那名原來是妖狐族的紅髮少女圈了結界，否則貞讓一刻撞見這幕，他跳到黃河也洗不清。對方不由分說，一定會先將他當偷窺的變態。

天知道絕對沒有這回事的，比起美少女，我還是更喜歡小正太和小蘿莉的！

柯維安直到看見面前的紅髮少女震驚又鄙夷的神情，才後知後覺地意識到，他好像……不小心將內心話喊出口了？

「你……」紅髮少女英氣的臉蛋上立時又覆上寒霜，嚴厲的質問冷不防地抛扔出來，「我族近日的幼童失蹤案，該不會就是你策劃的！」

「什……」柯維安壓根來不及辯解，紅髮少女已認定貞與他有關，毫不猶豫地悍然出手。

地板上的長椅遭人重重踢起，直朝柯維安的方向撞去。

抓準那名娃娃臉男孩狼狽閃躲的空隙，紅髮少女手中飄竄青煙，青煙刹那成形，化爲一柄色澤碧綠的青石棍。

「膽敢誘拐我族無辜孩童，我不會輕易饒恕你的！」抓握住青石棍的柄端，紅髮少女迅速掀翻另一張長椅，凌空朝柯維安追撞過去。

「什……所以讓我把話說完啊！我今天才到岩蘿，西山妖狐的三起孩童失蹤案跟我無關！我哪可能會綁架世界上的小天使！」柯維安緊急一躲，利用高大的置物櫃當作屏障，避開接連砸來的兩張長椅。

椅子砸上金屬櫃再墜地的聲響沉重刺耳，讓柯維安下意識縮起肩膀。

置物櫃的另一端忽然沒了動靜。

柯維安並不認爲對方放棄了攻擊，他謹慎地探出頭，卻看見紅髮少女佇立原地不動，嘴中像在重複呢喃著什麼。

柯維安仔細一聽，發現是不連貫的幾個字詞。

「西山妖狐……」

「三起……」

柯維安霍地刷白臉，倒抽一口氣，他注意到自己犯了一個關鍵的錯誤。

糟糟糟糟糕了！這下不管是跳到哪條河都洗不清了！

果不其然，紅髮少女下一瞬漫溢出濃烈得如同要具體化的冰冷殺氣。

「你知道正確的數字。這事在我族中也只有部分人知情，但你卻知道。你果然就是凶手沒錯！」清亮的嗓音注入戾氣，紅髮少女立即將青石棍往前猛一揮劈，挾帶的氣流銳利如風刃颳過。

柯維安聽見自己用來作為盾牌的置物櫃發出怪異聲響，然後他的視線內漸漸出現異於金屬灰的景色。

他看見紅髮少女正持棍指向自己，金瞳熠熠。

堅固的置物櫃居然被削掉了一大塊，頓時出現偌大的缺口。

那大半塊的金屬櫃砸落在地，尖銳的聲音讓柯維安心驚膽跳。

「下一次，就要你的腦袋。」紅髮少女面無表情地說，寒霜似的金眸在在顯示出這話絕非玩笑。

「啊哈哈，這種時候不是要留下活口好逼問……雖然我真的不是凶手，但我猜我現在說什麼也沒用了！」柯維安無預警使出全力往置物櫃一撞，被削去半邊角的置物櫃立刻如他所料地失去平衡，向前傾倒。

「我師父曾告訴我一件事，做人要文明點，不過有時候……」柯維安話語未竟，數道利光飛快閃逝，穿透了置物櫃。

柯維安毫無意外地見到金屬灰的龐大物體眨眼間分崩離析成數大塊，朝不同方向飛落；而紅髮少女弓腿踞立中央，雙手握棍，一身凜凜氣勢，整個人如同銳不可擋的兵器。

柯維安深感敬佩地輕吹聲口哨，作勢投降舉高雙手，往後退了幾步。

紅髮少女似乎篤定他破壞不了自己的結界，一時也沒進逼的動作，唯獨金眸銳利如獸。

柯維安再退一步、兩步，等到他跨出第三步時，他同時也估好了距離。

「對了，妳知道嗎？」柯維安笑咪咪地說：「我剛剛呢，其實正煩惱著要怎麼拿到置物櫃裡的東西呢。」

紅髮少女倏然睁大眼，霎時意會過來對方的話中之意。

那名娃娃臉男孩原來是故意藉她之手，直接破壞置物櫃！

紅髮少女終於注意到柯維安是特地退到其中一塊的櫃子殘骸旁邊，那裡頭正躺著一個大包包，包包內滑出一截黑，赫然是台黑色的筆電。

不及細想爲何那台筆電在先前的衝擊中依然毫無損傷，紅髮少女急忙一個箭步衝上，青石棍梢就要挑起筆電。

然而這次柯維安的動作比她快。

他飛也似地抄起筆電，一打開螢幕，帶著冷光的長棍已然風馳電掣地來到，劈頭便是重重一擊。

只不過擊碎硬物的感覺並未如紅髮少女所預期的傳至她手上，她錯愕，不敢置信地看著那接下自己攻擊、卻仍不見損壞的筆記型電腦。

那是什麼東西？為什麼可以堅硬如斯？

「嗚啊啊，就算不太可能打壞，但這還是我的小心肝啊，好歹下手輕一點……」相較於紅髮少女的滿臉震驚，柯維安則是苦著臉、心疼不已地說道：「萬一它有個刮痕，我可是會被師父踹屁股的。」

「你……到底是何族的妖怪！」紅髮少女不敢再貿然行動，向後躍退一大步，保持著攻擊的架勢厲聲逼問。

「我還是第一次被人當作妖怪哪。」柯維安皺起那張可愛的娃娃臉。就算是在只穿一條四角褲的情況下，他的表情也稱得上相當鎮靜，彷彿被人用長棍針對的不是自己。「呃，我不太擅長體力活，所以就讓我們接下來速戰速決怎樣？不然，我怕我家小白會擔心得要命。」

柯維安像是在徵詢對方意見，但他的手指卻已快速有了動作。

紅髮少女起初還沒反應過來那「卡噠卡噠」的是什麼聲音，緊接著她發現到，那名娃娃臉男孩正飛速地以單手敲打鍵盤。

他想要做什麼？不管他圖的是什麼，都別想得逞！

紅髮少女眼神驟凜，不假思索地進行新一波攻擊，然而有什麼阻止了她。

那、那是……！紅髮少女瞳孔收縮，驚見筆電內赫然飛竄出無數金色字符。

那些字符在極短時間裡連成一個圓，旋即衝至空中漲大，四周景物轉瞬間恍如產生了疊影。

紅髮少女再定睛一看，又發現身邊並無任何改變，剛才一幕就像是錯覺。

可是紅髮少女卻無比明白，那不是錯覺，證據就是那股伴隨而來的氣息。

她無意識握緊自己的兵器，感覺到掌心隱隱滲冒出汗。

藉由另一側的鏡子，她看見那名娃娃臉男孩竟將手指探進了筆電螢幕內。明明該是堅硬的螢幕，此刻就像柔軟的水面泛起漣漪，吞沒他半隻手臂。

她已不用問對方是何來歷了。

「對了，我剛剛的話好像沒說完？我師父告訴我，做人要文明點，不過有時候……」柯維安前額閃現金紋，形成肖似第三隻眼的圖案。與此同時，他猝然抽出手臂，一支巨大的毛筆跟著順勢自筆電螢幕內脫出，筆尖還蘸著飽滿的金艷墨彩。

必須搶先攻擊！紅髮少女當機立斷，即刻向前突刺出青石棍，勢必要壓制住對方反擊的機會。

只不過柯維安像是連這一步也預估在內，往下拋扔筆電，染著金墨的毛筆轉瞬間向上迎擊，不偏不倚承接住了青石棍的攻勢。

「噢，有的時候，也得要用拳頭說話才行。」柯維安咧開笑容，開朗中蘊含著不容忽視的狡猾，「雖然我現在用的是毛筆就是啦。」

金紋燦燦，妖狐族的少女不會認不出那是什麼。

那是神紋，那只是在宣告著一個事實——

擁有此紋者，便是神明在人間的使者，神使！

第五章

瓏月沒想到他們族裡的三起幼童失蹤案，凶手居然會是神使！

「絕對不會饒恕……登徒子、誘拐犯，原來神使中也有如此卑劣下作之人！」瓏月咬牙切齒地擠出森冷低語，感受到一股巨大怒火直衝心頭。

她瞇細眼眸，趁著面前的娃娃臉男孩全力以毛筆抵抗自己的青石棍之際，出其不意地張口噴吐出緋紅火焰。

烈焰挾帶高溫和熱氣襲來，若不是柯維安反應快，及時收手躲避，只怕那團火焰便要直轟他的臉面。

但即使如此，火舌還是擦過了他幾縷髮絲，鼻間還能聞到燒焦的氣味。

「突然之間冠了這麼多名號給我，我還眞是……擔當不起啊。」柯維安狡猾的笑容轉成苦笑，卻也看得出紅髮少女現在處於盛怒中，他的任何解釋都只會被當作狡辯。

所以，果然還是要像師父說的那樣了吧？柯維安憶起那神名爲「文昌帝君」的褐膚女子露出凶猛的獰笑，吐出了距離溫文儒雅相當遙遠的發言。

「人要文明點，不過有時候，也得用拳頭說話才行。」

師父，妳那可不是有時候了，而是太過頻繁了吧！

對於自己居然還有辦法對回憶吐槽，柯維安忍不住都想斥罵自己一句了。他趕緊收斂心神，手中毛筆如長槍舞動，盡所能地格擋下來自對方的凌厲攻擊。

他不敢揮灑筆尖的金墨，即使她出手不留情，可他還記得對方是西山妖狐的一員。胡十炎向來護短，要是他真傷了對方的族人，恐怕迎接他的就是被倒吊在公會一樓大廳的下場。

瓏月自然不曉得柯維安這些彎彎繞繞的心思，一心只想著要痛擊對方，讓這個作惡的神使付出代價。

那張英氣的臉蛋冷若冰霜，金眸也像摻了冰屑，青石棍在雙手十指間旋舞得更快，帶出一片青碧殘影。

更衣室裡的設備都遭到嚴重波及，先不論之前被破壞的置物櫃，那牆上的一片片鏡子也被敲擊得迸裂如同蛛網。

隨著柯維安接連左閃右躲，在他側邊的鏡子更是劈里啪啦地連連碎裂，多道聲音疊合一起，竟似淒厲的長鳴。

柯維安僅著一條四角褲，不但要提防飛濺的鏡子碎片割傷自己，同時還得小心地板上的大小玻璃。左支右絀之下，防守動作變得不如原先靈活，逐漸有些狼狽了。

而他每每試圖利用毛筆於空中寫下金色大字，好封鎮瓏月的行動，卻總被對方鑽得空隙進逼。金墨才剛成形一撇或是一劃，就遭她從中打斷。

瓏月雖不明白那金墨會對自己帶來何種傷害，但本能告訴她，不能讓對方有完成的機會。裹著軍裝大衣的她腳步飛快，迅速精準地踩在玻璃碎片之間。她的青石棍又冷不防甩出，然而這回不是直線攻擊。

青石棍如同觸動機關般瞬間拆解，多截棍身由銀鍊相接，在空中舞動出刁鑽的角度。

「還有這招!?」柯維安大吃一驚，連忙提筆再擋。

沒想到碧色剔透的多截棍像靈蛇般纏繞而上，飛快捲住毛筆筆桿。

瓏月倏然施力扯拽，頓時竟使得毛筆脫出柯維安的雙手。

「糟糕了……可惜，我並不打算這樣說呢。」柯維安臉上的心焦忽地轉成狡獪，他雙眼晶亮，唇角勾出了大大的笑意，「賓果，抓到妳了！」

「什……！」瓏月金瞳凝縮，眼裡映出了毛筆被自己的多截棍勾甩至一旁的景象，同時還有……

瓏月全身不禁一震，無可避免地倒抽一口冷氣。

在散濺著大小碎片或是金屬殘骸的地板上，多處竟浮現金色的光芒。

一筆、一劃、一捺、一勾、一撇。

原來先前柯維安雖沒有一氣呵成寫下什麼，可是他利用那些遭到中斷的筆畫，暗中重新組構成了另一個不爲人知的大字。

金墨閃耀，所有筆畫終於銜接完畢。在一地凌亂的墨漬中，大大的「制」字浮現於瓏月腳底。

「你！」瓏月又驚又駭，對方開朗狡猾的笑臉就像在不客氣地嘲弄自己。她咬緊牙根，巴不得甩出多截棍，最好砸上那張此刻無比可恨的娃娃臉。

可是縱使腦中如此想，瓏月的身體卻無法隨自己的意志行動。她動彈不得，手臂像有千斤重，整個人如同被釘在原地的人偶，只能眼睜睜望著那名娃娃臉男孩放鬆地吐出一口氣，雙手往內輕拍。

「啪」地一聲，地面上的巨大毛筆化作光點，一晃眼全鑽入了那台靜靜躺在角落的筆電螢幕裡。

「還眞是費了我一番力氣……再繼續拖個十來分鐘，我也要體力不支了，到時先投降的就會是我了。」柯維安撿回筆電，愛憐地摸摸它毫髮無傷的外殼，「我的小心肝，幸好你沒事，不然我真的要心痛死了。」

彷彿覺得這樣還不夠，柯維安甚至抱著筆電，用臉頰蹭了蹭。接著他環視周遭一圈，觸目所及的狼藉凌亂讓他縮了縮肩頭。

眼下的女子更衣室好比遇上颱風過境，還是強颱等級的，幾乎沒有完好之物。一排置物櫃被分割得七零八落，長椅全掀倒在一旁，牆壁上的鏡子就只剩幾塊零星鏡面還頑強地掛在上頭，其他的大都砸碎在地面。

柯維安只能勉強安慰自己還好最後還是布下了結界，結界內的破壞不會反應在現實上。只是在布下結界前就已被破壞的……那他真的無能為力了。

「總之，我們先好好談一下吧，這位小姐。」柯維安解開自己專屬的結界，不然滿地的碎片實在找不到地方站。

瓏月瞧見四周好像有金色字紋閃動，下一瞬間，女子更衣室景象驟變。地板上不再遍布玻璃碎片，牆壁上的痕跡也消失，只是置物櫃卻無法回復原樣了。

柯維安的結界解除了，瓏月設下的則還沒有。更衣室的出入口依舊白霧瀰漫，像是與外界隔絕。

柯維安也不介意，這樣反倒有空間讓他們倆不受打擾地好好談話。對方壓在他身上的誤會實在太大了點，如果不解開，他怕自己眞的會成爲西山妖狐的全族公敵。

「我自我介紹一下，我是柯維安。像妳見到的一樣，是名神使。」柯維安露出招牌的開朗笑容，特地選坐在瓏月的斜側方。他是封住瓏月的行動沒錯，可萬一對方衝著他吐出狐火，那可不是鬧著玩的，「附帶一提，是隸屬神使公會的一分子。」

「神使公會？」瓏月驀地變了臉色，金眸冷瞪，清亮的聲音揉進騰騰怒氣，「族長怎麼會同意讓你這種品行低劣的人入會！」

「等等！我的品行高潔正直、善良得很，好嗎？」柯維安忙不迭地喊冤。只是這話如果被一刻知道，一定會被對方面無表情地要柯維安摸摸良心，別逼人吐槽他。

可惜一刻不在場，柯維安也說得理直氣壯。而他也沒有忽視一個重點，眼前的妖狐族少女，知道他們西山妖狐的族長胡十炎實際上也是神使公會的最高掌權者。

這事就算在妖狐族間也沒有太多人知曉。而知曉的人，就表示在族中有著一定地位。

換句話說，這名紅髮少女不會只是普通妖狐。

柯維安對她的身分感到好奇，不過首要之事還是先化解誤會。

「我的品行絕對沒問題，這點我可以請老大保證。老大就是我們會長，也就是小姐妳說的族長。」柯維安抓抓頭髮，覺得自己這一串都像是繞口令了，「要不我直接打電話給他？啊，但是我的手機放在房間裡了。」

「……你眞的認識族長？」被迫動彈不得，反倒使得瓏月有時間冷靜下來。她的目光還是銳利，可語氣似乎緩和了些。

「當然認識！我們感情好得很，我們還會一起看魔法少女夢夢露的動畫！」柯維安見情況有轉圜餘地，頓時眉開眼笑地再補充。當然，他是不會自曝他是爲了裡頭的蘿莉角色才看的。

瓏月眼中的冰冷褪去大半。能知道族長私下的喜好，就代表對方與族長確實有著某種程度上的交情。

「族長曾告訴我等近衛，魔法少女夢夢露是極好的作品，讓他從中領悟了不少術法的道理。我也一直想找時間好好觀賞，可惜總是無適當的機會。」瓏月嚴肅地說：「雖然我還是難以完全信任你，但……在下瓏月，是副族長身邊的近衛。能請你告訴我，你爲何會知道我族失蹤案的事嗎？」

「這個嘛……」柯維安正猶豫著是要問「近衛」一詞是什麼，還是要揭穿胡十炎其實領悟的只是當狂熱粉絲的潛力。突地自白霧後隱隱傳出聲響，他下意識地看向瓏月，後者卻也是一臉訝異，似乎不知道自己的結界發生何事。

「怎麼……」柯維安抱著筆電站起，然後他的雙眼不禁睜大。

柯維安和瓏月都驚愕地發現到，那層遮蔽出入口的白茫霧氣居然迅速凝結爲固體，然後噗簌噗簌地如細沙崩解……

柯維安並不知道，當他因爲驚覺自己誤闖女子更衣室發出驚慌慘叫的時候，那時在大廳裡用手機和人通話的一刻立即掐斷了通訊，一個箭步就要往聲音來源處衝。

那聲音聽起來太慘烈，彷彿是遇上什麼恐怖的事。

「柯維安！」即使聲音似乎是從女子更衣室傳出來的，一刻還是反射性地先衝進了男子更衣室，然而迎接他的只有一片空蕩。

瞪著乾淨寬敞的空間，一刻嚥嚥口水，感到冷汗不受控制地從他的背後淌出、流下。

「幹，不會吧……」一刻喃喃地說，突然有種想說服自己剛只不過是幻聽的衝動。

花見旅館的大眾池是男女分開的，還是裸湯。也就是說，要是眞闖進去查看究竟，而裡面還有其他客人在的話……

就在這時，又有另一道含糊的叫喊從另一頭響起。聽不清內容，可確實不是柯維安所有。

幹幹幹！柯維安那個臭小子最好有合理的理由解釋一切！一刻咬了咬牙，還是掉頭奔出。

他終究記掛著柯維安的慘烈叫聲，深怕他眞遇上什麼。

「柯維安，你在哪裡？操！爲什麼你的聲是從女子更衣室……」一刻的話還沒說完，眼前的異變已堵住他的聲音。

他愕然張大眼，該是女子更衣室的出入門口，無預警地冒湧出白茫霧氣。

失火了嗎？一刻第一時間只冒出這個念頭。他心急地大步邁進，卻沒想到放眼望去都是白茫茫的色彩，遍尋不著女子更衣室的存在。

「見鬼了，這又是怎麼回事？」一刻咒罵了聲，緊接著感受到一陣熟悉的氣息從裡頭擴散出來。

那是柯維安布下的結界。

也就是說，裡面有逼得他不得不展開結界的存在嗎？是妖怪？或是……瘴異？

一刻剛想往後退出，好立即尋找安萬里協助。但那層白霧卻像活物般向外擴散出去，立時就連大廳裡也是煙氣氤氳，不過大致上還能看得見景物輪廓。

一刻猜想這些霧氣或許也是種結界，不讓人靠近，也隔絕了深處的聲音，如今他已聽不見柯維安的叫喊。

假使能夠直接面對敵人，那大可以一拳痛揍過去。偏偏現在連敵人也看不見，甚至包括整座大廳的出入口也即將被霧氣覆蓋。

「對了，手機！」一刻想到自己身上還帶著手機，可以用來和安萬里聯繫。但就在這個當下正門口居然有抹高瘦人影走進。

爲什麼那個人可以進來？霧氣朦朧間，一刻瞧不清對方的面容，只聞對方訝異地發出一聲輕喃。

「這是……近衛的專門結界？爲何瓏月會……你是何人！」

察覺到這個被白霧環繞的空間還有他人存在，悅耳的男聲倏然轉成警戒，隨即更是滲入敵意。

「你爲什麼會站在女子更衣室門口？難道是在偷窺嗎？」

窺你媽的蛋！一刻險些想破口大罵，但他站在女子更衣室前也是事實；與此同時，一刻也沒有忽視那名男性話中透露出的幾項訊息。

那人知道這些白霧是什麼，似乎也知道這些霧氣的製造者是誰。

換言之，對方與逼得柯維安必須展開神使結界的人是一夥的？他是人？還是妖？

不待一刻將思緒整理出個脈絡，他的短暫沉默卻被對方誤以爲是默認罪行。

「竟然……做出這種下作行爲，眞是可惡至極。」男子的聲音變得更輕了，然而話中的森冷也愈發明顯，「不管你是何人，都將付出代價……逆三光、返五行，刑兵前擊！」

一刻完全沒有反駁的機會，就見霧氣中赫然利光瞬閃，直衝他所在之處。

幹恁娘咧！現在又是三小情況？一刻鐵青了臉，急急朝旁退避，耳邊還能聽見尖銳的嘯聲刮過。

當他一轉頭，極近距離下，他看見壁面上插立著一把似劍似刀的金屬兵器。深黑長柄、無環，金屬刃面簡直像鏡面銀亮。

那柄兵器離他原本所站位置有些微的距離，似乎對方說要讓他付出代價只是要給予一個教訓，而不是真的打算下重手。

只是這也足以使一刻心頭火湧冒。他急著想知道柯維安的狀況，卻無端被人當偷窺狂，那不曉得是人是妖的傢伙還不由分說地展開攻擊。

「還真當老子是吃素的，不會還手嗎？」一刻眼一狠，瞥見牆上兵器顫鳴，宛如要從壁裡脫出。他嘴角扯開凶獰的弧度，反手迅速拔出了那兵器；在感受到掌中之物掙動倏然加劇之際，他迅雷不及掩耳地朝男子疾射出去。

抓準這個空隙，他跟著拔腿掠出，身形像是飛速的箭矢，一晃眼就拉近了和對方之間的距離。

搶在男子脫口唸出咒語、再次操縱兵器前，一刻握緊拳頭，針對不是要害的部位，猛然揮擊出去。

頓聞男子一聲悶哼，高瘦的身子像失去平衡般往後踉蹌，最後跌坐在地，金屬兵器則一併匡啷砸墜地面。

沒有給予男子任何機會，一刻俐落地踢起那柄兵器，五指飛快抓握柄端，下一秒就是直抵男子頸項之前。

「我管你是哪根蔥哪根蒜，好好地聽老子說完話！」一刻粗暴地說，「這些白色的鬼東西是你同伴用的嗎？解開它，讓我朋友出來！」

男子沒有回話，沉默得令人感到詭異。

「你有聽到嗎？」一刻繃緊聲音大喝道。如今他與對方大約只有一劍（或是一刀）的距離，雖說霧氣未散，但也足以看清對方相貌。

是名陌生的年輕男子，年紀看似與安萬里相當，有著一頭褐金色短髮。五官在這距離觀看下就已覺得格外精緻，不難想像若是白霧全部消散，那人會是怎樣教人驚艷的美男子。

不過對一刻來說，對方長得是圓是扁都與他無關，他只想知道如何能讓柯維安平安出來。

眼見男子維持著仰頭的姿勢，卻遲遲未出聲，一刻的耐性不禁告罄。

「你他X的有聽到嗎！」一刻厲喝一聲，鏡片後的眼眸狠戾得足以讓人退避三舍、心生寒意。

褐金髮色的男子彷彿無意識地張口，雙眼瞬也不瞬地直盯住一刻。

「你……」

一刻剛聽得這字，下一剎那竟又聽見男子冷不防快速喃唸。

「破四雲，轉四焰，飛火瞬生。」

瞬間，環繞在這處空間的白色霧氣驀然閃現其餘色彩。

不對，那是……！一刻震驚地張大眼，眼眸底處倒映出的是平空出現的緋紅火焰。

火焰從霧氣裡生鑽而出，眨眼便貼沿著白霧蔓延開來，那姿態乍看下像是瘋長的藤蔓。

火焰化成的「紅藤」以超乎想像的速度覆蓋霧氣，氤氳的茫茫白霧不到一會兒就全被吞噬，隨即竟連火焰也轉淡，進而消逸。

彷彿這離奇的一幕，只是場幻覺。

一刻看得呆了，一時間竟疏於防備。當他驚見褐金髮色的男子突又有動作，對方已猛然站起，無視那把金屬兵器般直逼向他。

「幹幹幹！」一刻沒想到男子當真不顧自身安危，深怕那尖端刺入對方體內，反倒是他被逼得慌忙移開金屬兵器，就擔心刀劍不長眼，真的戳出一個窟窿。

男子看似要抓住一刻的肩膀，但誰也想不到他會在最關鍵的瞬間腳下一絆，整個人失衡地向前撲撞。

假使換作體型嬌小的女孩子，那麼這一撲撞可能是撞進一刻的懷裡。偏偏對方是個高個子的男性，身高差註定了接下來的悲劇——

叩！

極爲響亮的一個聲響在男女更衣室外的大廳響起，那強勁的一聲，聽得讓人都忍不住皺眉、閉眼。

男子前額與一刻的重重磕在一塊，當下兩人都疼得說不出話，各自反射性地摀著額頭蹲下。

&＊%#！一刻內心飆過無數髒話，天曉得對方的額頭是什麼做的，硬得像鐵板一樣。

一刻還在眼冒金星的當下，褐金髮色的男子甩甩頭，快一步地站直身體。

「你……宮……」顧不得前額紅腫一片，男子像是不敢置信般脫口喊道：「宮一刻⁉」

一刻愕然抬頭。不是錯覺，眼前的陌生傢伙確實喊了自己的名字，這又是什麼見鬼的情況？對方認識自己？可他完全不記得有見過這樣一號人物。

一刻自知不擅長認人，有時就算說臉盲症也不爲過。可那名男子使的招式古怪，要是曾見過，他應該會印象深刻，不太可能忘得了。

而且剛剛那幾招……讓一刻莫名聯想起楊百罌。

那名褐髮女孩狩妖所使用的攻擊方式，與那名男子似乎有種……異曲同工之妙？

「眞、眞的是你？爲什麼你會在這？我沒聽他們……」男子表情快速變換，震驚、難以相信，看上去整個人緊張又慌亂，像是要在原地轉起圈圈，「難道說你也是要來調查……」

一刻一點也不明白對方在說些什麼，他覺得自己才該是感到震驚的人才對。畢竟他從一個素昧平生的人口中聽見了自己的名字，而且對方還一副認識他的模樣。

眼看男子拚命自言自語，儼然忘記自己還在現場，一刻深吸一口氣。

「靠夭啊！給老子立正站好，不准轉了！」

石破天驚的怒吼一砸下，褐金髮色的男子當眞反射性地不敢亂動。

「給你一分鐘整理好你要說的話，然後告訴我你他媽的是誰。」一刻雙手抱胸，陰沉著一張臉。

沒了白霧的遮掩，男子精緻的五官一覽無遺。褐金色的柔順髮絲襯著偏白的膚色，使他整個人散發出一股柔和感，像是初春的陽光。只不過，那股柔和感現在全讓他臉上的無措破壞光了。

「我、你……我是……」男子就像是想努力組織出完整的句子，最後他瞅著一刻，小心翼翼地問，「我說什麼，你都會相信？」

或許是那眼神太誠懇，一刻差點就點頭了，可他立即回過神，嚴厲地瞪了過去，「放屁，你不唬爛我才會信！」

「好……」男子深深吸口氣，接著就像豁出去般閉上眼，「其實我……久仰你的大名！我很崇拜你，我說眞的！」

一刻作夢也沒想到會聽見這種答案，他瞠目結舌，這下說不出話的人換成他了。

而顯然因爲已開了頭，接下來的對話似乎也就沒有那麼困難，褐金髮色的男子不等一刻反應過來，一個大步邁出，像是再也壓抑不了激動心情，霍然抓住一刻的手猛烈搖晃，態度熱烈得就像粉絲見到偶像。

這太過突然的發展讓一刻繼續失去發聲能力，只能任憑對方抓著自己的手。

「宮……我可以喊你宮同學嗎？我知道你是相當厲害的神使，我從朋友那裡聽過許多你的事……我個人非常崇拜你，今天能夠在這裡見到你，眞、眞的是太讓人高興了。」男子一股腦地說，不時還緊張地結巴了幾次。

「宮同學，你怎麼會出現在這裡？也是和我一樣的原因嗎？而且你剛剛……你應該不是眞的要……」男子的語氣忽地變得遲疑，他猶豫地看著一刻，再看看後方的女子更衣室，最後話含在嘴裡，彷彿不知該不該說出口。

要什麼？一刻下意識順著那道目光向後望，臉色當場青黑交錯。

「我操！誰會去偷窺啊！」一刻大力抽回手，思考能力終於恢復運轉，「你眞當老子是變態嗎？還有你到底是……」

「到底是發生什麼事呢？居然還有唐刀掉在地上了。」一道笑吟吟的溫和嗓音猛地插入。

第三人的聲音使得更衣室前的兩人皆驚愕地扭過頭。

大廳內不知何時站著第三人，那名黑髮男子從容地拾起地板上被人遺忘的武器，再抬眼望著一刻他們。

一刻這才知道，原來那柄武器是叫唐刀。

「到底是發生什麼事呢？這裡。」安萬里好脾氣地又重複問了次，他唇角掛著笑意，可是一刻卻無來由地感到些許壓力。「小白，我雖然很想問剛剛的事情經過，不過有件事似乎更該先問。維安人呢？他讓你獨自和人打嗎？」

幹，柯維安！一刻倒抽口氣，猛然想起自己最初的目的。

柯維安還被困在女子更衣室裡！

一刻趕忙回頭，女子更衣室門口處的霧氣依然未散，方才的緋紅火焰僅僅只消去了這座大廳內的霧氣而已。

「宮同學，你的同伴在裡面對吧？我由衷地希望……對方不是真的圖謀不軌才進到女子更衣室的……」褐金髮色男子神情複雜，「不管怎樣，還是先交給我吧……抱歉，剛才是我不對，造成你的麻煩。」

男子說著，雙手忽地合起。隨著他的這個動作，原先被安萬里握持在手中的唐刀，瞬間成了一張符紙緩緩飄落下來。接著他改向女子更衣室門口伸出手，五指抵在霧氣之前，微閉眼。

「走眾道，歸一始。」男子指尖驀地閃現光芒。

四散的白茫霧氣竟在剎那間盡數凝結，有如一面固體之牆。旋即這面白牆迅速崩解，白色細小粒子像流沙般嘩啦啦落下。

不消一會兒，阻礙在女子更衣室門口的屏障消失無蹤。

「柯維安！」一刻想也不想地率先衝入。

「瓏月！」男子也立即跟進。

安萬里搖搖頭，佩服起這兩人的冒失，居然就這麼闖進女子更衣室裡。

雖是這樣想，但安萬里也沒有待著不動，一樣跨步走進了女子更衣室中。

這名年過七百的妖怪不會承認，他其實也對這號稱「男人禁地」的地方相當好奇。

安萬里剛一踏入，耳邊幾乎同時聽見兩聲叫喊。

「小白！」

「黑令先生！」

接著他就看見僅穿一條四角褲的娃娃臉學弟，還有另一名衣著完整、手持多截棍的紅髮身影；後者的姿勢僵硬，顯得有些不自然。

安萬里注意到地面上那猶在發光的金色大字，再搭配四周七零八落的置物櫃殘駭……

在這片突陷詭異的沉默中，安萬里眉毛高高挑了起來，然後吐出了意味深長、宛如包含無數含義的單音節。

「……喔？」

第六章

一刻設想了許多情況，但他怎樣也沒想到自己闖進女子更衣室後，撞見的會是只剩一條四角內褲的同伴，還有一名穿著軍裝大衣、被封住行動的紅髮少年。

……等等，男的？一刻吃驚地睜大眼，隱約記得更早之前好像有個男的在他講手機時進來。不太確定面容，但那頭顯目的暗紅色短髮，顯然就是眼前這位沒錯。

「兩個男的在女子更衣室打什麼打？」一刻沒注意到自己把這句話說出來了，登時換得在場眾人表情古怪。

「那個……小白，她不是……」柯維安抱著筆電，尷尬地蹭了過來，「呃，也就是說啊……其實她是……」

「在你解釋之前，還是先將瓏月的禁制解除吧，維安。」安萬里嘆息地插話，「還有你也把衣服穿一穿，否則這樣還像話嗎？把這裡留給瓏月，我們這群男人都先出去吧。」

「啊，我差點忘了！抱歉啊，瓏月小姐，我這就幫妳解開。」要不是安萬里提醒，柯維安還真的忘記這件首要之事。他過意不去地連連道歉，一邊迅速地抹消地面上的金色大字，連那頭亂翹的髮絲也都像感受到主人心情般耷拉下來。

「你是……安大人！」瓏月一見到安萬里，震驚地失聲喊道。她像要行禮，可又顧及自己衣衫不整，忍不住有些無措，向來嚴謹的面容也不免微泛上困窘的紅。

還是安萬里體貼，給了黑令一個眼色；後者會意，幫忙拉著因為聽見什麼而怔住的一刻出去。

安萬里自己則是似笑非笑地望了惹出這些麻煩的柯維安一眼。

柯維安寒毛直豎，抖了抖，想起對方曾說過的小打小鬧不要太超過……呃，他們險些折了女子更衣室，好像已經超過所謂的小打小鬧了……他心虛地露出微笑，旋即用最快的速度找出衣物，連同筆電抱在臂彎裡，再用最快的速度奪門而出。

只是在跑出女子更衣室的前一秒，柯維安覺得自己好像瞄見角落有把傘。滾著蕾絲花邊，看上去有些眼熟，但顏色和自己記憶中的紫色不一樣。

那是把粉紅色的傘，粉嫩得令人想到春天櫻花。

也許是之前來泡溫泉的哪個客人留下的吧？柯維安沒有多想，三兩步就跑至外頭的公共大廳。

一到大廳，柯維安發現一刻還是一臉茫然；安萬里則是走到大門處、將門關上，門簾也一併拉下，似乎暫時不想讓其他人進來。

至於另一位年輕男子……

柯維安邊快速穿好衣服，邊狐疑地緊盯著那張臉不放。

褐金髮色的男子有著相當精緻的五官，搶眼的外貌一點也不輸曲九江，不過柯維安總有種自己好像在哪看過對方的感覺。

「怎麼了嗎？請問……我的臉是有哪裡不對嗎？」被那毫不掩飾的筆直目光盯著，黑令怎麼可能毫無所覺，他露出像是無措又像是詢問的靦腆笑容。

就是那微笑猛地觸動柯維安的記憶。

「啊！」柯維安恍然大悟，不禁驚呼出聲，同時與他一併開口的還有猛然拉回神智的一刻。

「你是堯天!?」

「所以那個傢伙是女的!?」

柯維安和一刻頓時又各自閉上嘴巴，對望一眼。

「堯天？那個金褐毛的不是叫黑令嗎？」一刻率先開口，他沒有漏聽柯維安剛才的大叫。

「不是、不是，我也是到現在才知道他的本名叫黑令……哎，總之這先放一邊去。」柯維安抓住一刻的手，「小白白白，你也沒想到瓏月小姐是女孩子吧？我也是啊，所以我才會沒注意男女的標誌，下意識就跟著走了進去。眞的，你要相信我！我絕對不是什麼偷窺的變態！」

「我……咳，我又沒說懷疑你。」一刻咳了一聲，不好意思承認在見到瓏月之前，他眞以爲柯維安偷窺了別人被抓個正著。但在見過瓏月後，他立刻理解柯維安怎會誤闖進女子更衣室了。

那名紅髮少女俊秀英氣得壓根看不出眞正性別，論起男子氣概，恐怕她還勝過柯維安這個娃娃臉好幾籌。

「我還以爲只有畢宿那小鬼是這樣的……沒什麼，我有個朋友也像那位叫瓏月的，明明是女的，卻常被人當成帶把的。」察覺到柯維安好奇的視線，一刻簡單一語帶過。

「哇喔！小白，你的朋友眞是特別……一個是看不出是男性的男孩子，一個是看不出是女性的女孩子。」柯維安摸摸下巴，語帶敬佩。

「少囉嗦。」一刻敲了那顆髮絲亂翹的腦袋一記，沒好氣地哼道：「你剛剛說的本名又是怎麼回事？什麼堯天的？你認識他？」

「我也很想知道呢，維安。」安萬里慢慢地踱步回來，他站定，臉上是溫和的笑，鏡片後的眼眸則饒富興味地瞥向黑令，「瓏月稱你爲黑令先生。你姓黑，加上剛才的招式……我猜，你是黑家的人？」

「社長，他姓黑當然是黑家的人，難不成還能是白家……等等等等！黑家？」柯維安的嘀咕霍地拔高，像是意識到安萬里的話中之意，雙眼瞠大、食指震驚地指向黑令，「那個黑家!?」

「到底是哪個黑家？」一刻板著臉，不喜歡這種只有自己被瞞著的感覺。

「小白，你記不記得狩妖士三大家是哪三家？」柯維安問。

一刻記得。楊百罌曾告訴過他們，狩妖士在表面上是不為人知的行業，但暗地裡則百家林立，其中最富盛名並被供為首的，除了他們繁星市楊家之外，還有符家，以及黑家。

這三家，被尊稱為三大家。

楊、符、黑……黑令！

「也就是說……」一刻瞬間領悟，訝異地轉視著黑令，「你……」

「我……姓黑，確實是那個黑家的一分子。」黑令有禮地舉手橫置胸前，作為問候的禮節。他微笑起來，唇邊有絲大男孩般的天真與害羞，「這次是受朋友的請託，前來岩蘿鄉幫忙查明……一些事，瓏月便是負責接引我的人。我也沒想到能在此處碰見神使公會的副會長，還有……宮一刻同學。」

「小白，你認識？」這次換柯維安納悶地問了。

「靠，我認識還用得著問你嗎？」一刻白了一眼。

「啊，宮同學的確不認識我，但我……從朋友那裡聽說過許多他的神使事蹟，我……」黑令的笑容愈發靦腆，「很崇拜他。」

一刻第一次被人當面說崇拜，不禁渾身都不自在起來。只是對方的態度又相當真誠，最後他彈下舌頭，彆扭地別開臉。

「哎呀哎呀，你和那朋友眞有眼光，我家小白超棒的啦！」柯維安就像被誇獎的是自己，喜孜孜地抬頭挺胸，「告訴你，我家小白人帥、脾氣好……呃，當然也有不好的時候，可是還是個正港好男兒，打起架來特別好看！」

「我……我朋友也是這麼說。」黑令的眼睛一亮，那張好看的臉龐更是像亮起了光采，「你和宮同學的感情很好吧？請問你是？」

「我是柯維安，小白的好麻吉、好碰友……」柯維安本來想揚揚灑灑地替自己列出一串頭銜，順便和對方交換一下手機號碼，以便日後一起分享更多訊息，他覺得自己一定能和對方相處得很好，可是他聽見了安萬里笑咪咪地開口：

「維安，話題轉過頭不好哪。」

於是柯維安馬上掐斷準備好的長篇大論，飛快地重新回到原來話題上。

「是說……我們原來是在講什麼？」柯維安刮刮臉頰傻笑。

一刻忍耐地閉下眼，半晌後吐出硬邦邦的兩字，「堯、天。」

「啊，對！就是堯天！」柯維安欣喜地一擊手掌，「小白、社長，你們應該都有見過黑令，也就是堯天，堯天是黑令的藝名啊！」

藝名？這預料外的答案讓一刻有些愣怔。

黑令的外表的確相當出眾，但沒想到他眞的是……

「你是偶像？」一刻驚訝地問。

「你可以幫我要到蒼井索娜的簽名嗎？」安萬里也嚴肅認眞地問。

「咦？不，我不算是……蒼井索娜是誰？」黑令先是慌張地搖頭回答了一刻的問題，接著再誠懇地反問安萬里。

安萬里失落地嘆氣，眼中的期待光芒熄滅。

「不、不好意思……請問我是不是說錯什麼？」黑令有些無措地望著眼前三人，覺得自己是不是做了什麼錯事。

一刻摀著額，一點也不想對外人解釋這名學長是在失落什麼。

神使公會的副會長是A片愛好者這種事，還是越少人知道越好。

「沒事沒事，他周期性的那個又發作而已，先別管我們的社長了。」柯維安迅速接下話，擔起向一刻介紹的責任，「小白，黑令是挺有名的模特兒，時常幫雜誌拍封面，你和社長都有看到過喔。」

「……啊？」一刻很確信自己根本不看那些流行或偶像雜誌，手作物的倒是會翻翻。

似乎看出一刻的不相信，柯維安打開筆電，點出了一張照片。

那是一名可愛小女孩的獨照，她有著紫晶色的大眼睛，桃子色的頭髮綁成兩束，正抱著書、開心地對鏡頭露出大大的笑容。

「胡里梨？你要我看她做什麼？」一刻認出照片裡的人是負責維持公會結界的吞渦，不明白地擰起眉頭。

「維安說的沒錯。」倒是安萬里失笑，一眼就注意到柯維安想讓人看的重點是什麼。他伸手比向胡里梨手上捧著的書，「小白，看這裡，我們真的是常看見沒錯。這是里梨最喜歡的偶像——現在該說是模特兒了，她可是有著一大疊的收藏呢。」

一刻順勢移動目光。

胡里梨捧的原來是本雜誌，封面上是名閃閃發亮的男性。

一刻再抬頭，面前的黑令長得和雜誌上的那名男性一模一樣，也都是閃閃發亮的。就另一種意義而言，他們還眞的常見到黑令沒錯——在胡里梨收藏的那些雜誌封面上。

「但我還眞沒想到，堯天原來還是名狩妖士……」柯維安闔上筆電，摸著下巴，若有所思地說道：「這樣身兼兩職很辛苦吧？」

「不辛苦，我的叔叔……家中長輩希望我到外界多磨練。其實，我不太擅長和外界的人相處，他也是爲我好。」黑令認眞地說。

「唔喔，那麼我想請問一下，黑令你所說的請託……」柯維安的問題剛說到一半，就被另一道聲音蓋過去。

「黑令先生是受副族長之託前來岩蘿，和安大人你們一樣，幫忙調查族裡的孩童失蹤案，看是否是那些聽了不實傳言、前來此地的妖怪所爲。」

整裝完畢的瓏月大步走出女子更衣室，那套軍裝大衣隨著步伐微晃下襬，增添幾分俐落颯爽之姿。

這名紅髮少女走至安萬里前方，接著單腳屈膝跪下，低下頭，「還請安大人見諒。身爲副族長的近衛，我竟然對你的同伴不敬……冒犯之處，我眞的非常抱歉。」

「不不不，要說抱歉也是我該說！」柯維安急忙嚷道，見不得女孩子爲了不是自己的過錯道歉，「喂，社長、副會長、狐狸眼的，你快讓人起來啊！」

「你可以只用一個稱呼喊我就行了，當然不會是第三個，維安。」安萬里微微一笑，滿意地見到柯維安火速摀住嘴巴。他蹲下身，拉起瓏月的手臂，「瓏月，是維安這小子太魯莽，引發了這場騷動，我們才該說抱歉。是說，妳那時沒注意到他也跟著進去了嗎？」

「我……」瓏月本來想繼續維持單跪的姿勢，但臂上堅持的力道讓她只好站起，「我有注意到，只不過我以爲對方和我一樣……就是比較男孩子氣的女孩子。」

說到最後，瓏月困窘地低下頭，雙頰微紅，像是對自己的粗心大意感到尷尬。接著她又像想起什麼，抬頭猶疑地望著柯維安和一刻兩人。

「那個，難道說……你們眞的是那種關係？」

一刻起初還不了解瓏月指的是什麼，等到他憶起當時在大廳裡，對方聽見柯維安的話所露出的古怪眼神，霎時鐵青了臉。

「不是、不是！妳誤會了！」柯維安也想到了，他忙不迭地大叫著否認。他知道自己不趕緊洗清誤會的話，這回一刻恐怕眞的會掐死自己，「我們那是在鬧著玩才說的，我的眞愛是全世界的小天使！小白雖然也是我的天使，不過他超齡……嗚喔！」

「你該死的可以閉上那張嘴了。」一刻收回搧上柯維安後腦的手，陰惻惻地警告。

「原來你們不是……抱歉，我又失禮了！」瓏月慌張地低頭，「我不該擅自臆測的，還有先前居然將維安先生誤認成失蹤案的凶手……你是安大人的同伴，知道失蹤案的正確數字也是自然。無論如何，真的相當抱歉！」

「別加什麼先生，叫我維安就可以了，我也直接喊妳瓏月好嗎？」柯維安笑嘻嘻地說：「然後這位是小白，我們還有一個半妖同伴在房間裡。我們這次來岩蘿，就是要和社長一起……啊！」

柯維安驚覺不妙，猛然閉上嘴巴時已經來不及了。

「一起，什麼？」一刻慢慢地問。他摘下眼鏡收起，沒了鏡片和鏡框的修飾，那雙眼睛凶狠得嚇人。

更嚇人的是，一刻嘴角還拉開了獰笑，看得柯維安寒毛直豎，雞皮疙瘩排排站好。

「呃、啊、欸……」柯維安心驚膽跳，乾巴巴地擠出笑，「一起泡溫泉……等等等等一下！小白，我先說，我真的沒有在社長和老大的計畫裡摻一腳！我是知道社遊目的，但我只是沒說出來，你不能認為我又坑你們啊！」

「我明白了，柯維安你這次是沒摻一腳，可你也沒說出來。我覺得，」一刻折折手指，眼睛緊盯柯維安，「我們該來談談人生。」

柯維安的冷汗直直冒。小白，你確定你只是跟我談人生，而不是要終結我的下半生嗎？

「不好意思，小朋友們就是愛打鬧。」安萬里朝黑令點頭微笑。

「沒關係的，我……我也聽朋友提過宮同學的脾氣。」黑令也回予微笑。

瓏月張口欲言，不知道自己該不該出手幫助柯維安，還是學這兩人旁觀就好。

在柯維安感到自己的人生很有可能要在這次被終結之際，門外忽地傳來腳步聲和嬉鬧聲。一刻停住手勁，但手臂還是架在柯維安的脖子前。

「小白，你可以繼續沒關係，我在門外放了『清潔中』的牌子，不用擔心其他客人進來。」安萬里溫和說。

狐狸眼的，你是趁機報復嗎？什麼叫繼續？柯維安瞪大眼，想要控訴神使公會的副會長居然沒心沒肺還見死不救。

這時門外的聲音越漸靠近，然後腳步聲停下，似乎是看見「清潔中」的牌子。

「靠！這時候為什麼是清潔中？我們都特地下來了耶，搞屁啊！」

「太掃興了吧……是不會挑別的時間嗎？這樣還好意思收那麼多的錢？晚點乾脆ＰＯ上網算了！」

「還要客訴，一定要客訴！讓這家旅館好好地反省，才懂得什麼叫顧客至上！」

門外人不平地你一言、我一語。雖然門板上的玻璃被門簾擋著，可是依然可以憑聲音聽出是一男兩女，極爲年輕。

「這樣也要客訴、ＰＯ網……神經病。」一刻低聲說，鬆開勒著柯維安脖子的手，他當然不可能眞的將柯維安給宰了。

「我也覺得是神經病……只是外面幾人的聲音，好像在哪裡聽過？」柯維安摸摸劫後餘生的脖子，認眞地思索著。

「我們等他們離開再出去吧。」安萬里負責下決定。

只是任誰也沒想到，外邊的三人不但沒有離去的跡象，反倒是——

「反正都下來了，就直接進去怎樣？被發現也不會死嘛。」

「欸欸，好耶，贊成！還可以趁機拍照，花見旅館居然不讓人拍大眾池，這樣我就沒辦法炫耀我來這裡玩了嘛。」

「可是萬一被清潔人員發現……俀杯才不是膽子小，只是預防一下總比較好啊！」

「吼！許明耀，你那就叫膽子小，你是不是男人啊？千凌只是要拍大眾池的外觀，這時候也沒其他客人，不會拍到誰的裸體。被發現也不會怎麼樣，難不成還能告我們嗎？」

「晴兒說得對，所以你快點負責開門啦！」

那番對談清晰地傳入門後眾人耳裡。

瓏月瞬間沉下臉，花見是他們族人開的旅館，怎麼可以讓一般人類如此放肆？她立即想施點術法封住那扇門，不讓對方有辦法推動。

然而柯維安卻在這時候倏地喊出聲，「許明耀、紀晴兒、莊千凌！我想起來了！」

那突如其來的一聲嚇了瓏月一跳，讓她一時忘記施展術法，也讓大門被人一把向內推開。

三名少年少女闖了進來。

這三人先是被柯維安的叫聲驚得一愣，接著更是目瞪口呆於大廳裡竟然有著一票人，看打扮，怎麼也不像旅館的清潔人員。

「他們是我們在岩蘿站外碰到的那三個白目小鬼！」柯維安的記憶力好，就算只見過一面，但面前三人著實給他太深的印象，要忘也難，尤其其中一人還有頭草綠色的頭髮。

「啊？靠夭啦！你說誰是白目小鬼？」許明耀最先回神，也認出柯維安。他火大地掄高拳頭，想也不想地就是打算給那名看起來比他還小的國中生一個下馬威，讓人知道自己不是好惹的。「死小鬼，快回去找你媽喝奶吧。幹！你們這群機歪傢伙是故意不讓人進來泡……」

許明耀的話未竟，身旁卻是猛然爆出一陣激動的尖叫。

「我……我的天！真的假的!?」

「是堯天本人耶！」

莊千凌和紀晴兒興奮地抓住彼此的手，完全不在意自己的同伴在大罵什麼，立刻有志一同地掏出手機。

「瓏月，別讓她們拍。」安萬里淡淡地說。

瓏月會意，一手移往背後，迅速掐了個手訣。

剎那間，兩名少女拿出的智慧型手機傳出碎裂聲響。上一秒還亮著燈光的螢幕，這一秒暗成一片黑，畫面隨即消失。

「什……」

「怎麼這樣!?」

莊千凌和紀晴兒大驚失色地翻過手機查看，她們的俏臉都白了，眸子不敢置信地睜圓。手機螢幕上的裂痕如蛛網擴散，又長又深，有幾道還透至機殼背面，一看就知道毀損得相當嚴重。

「爛透了啦！還說什麼最新款、堅固得很，明明就是不良品！」莊千凌氣得直跺腳，受夠了今日手機一直出問題，現在還壞了，「明耀，快把你的拿來！」

「咦？我、我的嗎？」

「對啦，你很呆耶！」

相較於莊千凌執意要先拍到照片，紀晴兒乾脆三步併作兩步地衝上前，激動地向黑令提出連珠炮似的問題。

「騙人、騙人，眞的是堯天本人耶！你是來這度假的嗎？還是來拍照的？這些人是你的朋友嗎？我我我，我可以跟你握手嗎？」

「等一下，晴兒妳太卑鄙了！」莊千凌聞言不禁惱怒不已，不管許明耀還在掏手機，她也一個箭步上前，暗中還用身體擠開了紀晴兒，抬頭對黑令露出甜美的笑臉，「堯天，我是你的粉絲。你拍封面或是內彩的那些雜誌，我都有收集喔！」

「少騙人了，明明是偷割妳姊買的那些雜誌的彩頁，還在網路上要人直接掃圖給妳……」

「紀晴兒！妳自己還不是差不多，每次還不是都只會說給我圖！」被朋友當面揭穿，莊千凌清秀的臉蛋頓因羞怒漲得通紅，也不客氣地洩了對方的底。

趁著兩名少女掀起紛爭、另一名少年還看得呆愣之際，柯維安迅速向一刻拋了個眼神。

小白，我們把肥肉……不，黑令留下，然後把握機會跑出去怎樣？

一刻也用眼神回應：聽起來是不錯……咳，不是，這樣會不會太沒道義了？

一刻是巴不得別再和那三人組打照面，然而留下黑令當犧牲品好像又有點過意不去，尤其對方還說崇拜自己。

還請各位無論如何都別丟下我。黑令也加入這場無聲的談話，他堅定地以眼神表示，同時不著痕跡地往後退，拉開與那兩名他有點難辨誰是誰的少女的距離。

從他的反應來看，他說自己不擅長與外界的人接觸，的確所言不假。

「我認為我們該走了，就不打擾小朋友你們泡溫泉了。」安萬里輕推眼鏡，隨即一聲令下，「走了。」

接收到命令，一刻和柯維安對視一眼，馬上一人抓著黑令的一隻手臂，迅雷不及掩耳地拉著對方離開現場。

動作之快，使得莊千凌等人頓時一呆。

瓏月留下殿後，她眉眼嚴肅，縱使外表看上去與三名少年少女所差無幾，可一身氣勢就是硬生生地震懾住人。

「胡鬧也要有個限度，請別把自己的方便建築在他人的困擾上。」瓏月板著臉，警告似地掃視三人一眼，這才轉身也大步離去。

莊千凌三人呆了半晌才回過神。

「那個臭小子……自以為是什麼東西啊！」許明耀氣得踢下門板，「還有其他傢伙，看不起我們嗎？」

「可是，他也很帥耶……」紀晴兒喃喃地說道，接著驚叫出聲，「不對！堯天他走了啊！我們要趕緊去追他才行，難得有這次機會，怎麼可以放過？」

「……不，等一下。」出人意表，莊千凌居然提出相反的意見，「現在追上去也沒用，倒不如先調查好。」

「調查？調查什麼？」紀晴兒不解地問。

「當然是堯天住哪間房囉。」莊千凌揚起甜甜的笑容，「這裡的大眾池只有住在這邊的客人才能使用，所以堯天一定也是住花見沒錯。我進房間時就注意到了，這裡的天花板是輕鋼架，可以打開還是互通的那種喔。」

「互通？難道說……喂喂，妳是認真的嗎？」許明耀似乎察覺到莊千凌的意圖，面露緊張，可是眼裡卻藏不住一抹躍躍欲試的光采。

「就算被抓住也不會真的怎樣，我們未成年嘛。」莊千凌笑容滿面地說道：「不要跟我說你們都沒興趣，這麼刺激的事，平常可是遇不到的。」

紀晴兒和許明耀對望一眼，然後他們也笑了。

那是屬於這年紀孩子特有的笑容——大膽、興奮，還有蠢蠢欲動的惡意。

第七章

安萬里沒有跟著一刻他們回到房間，他在一樓大廳就和他們分開行動。除了要向櫃台人員傳達一聲女子更衣室的置物櫃因「故」損壞、順便領取暫時寄放的綿羊玩偶外，最重要的是他和阮鳳娘約好碰面，要麻煩對方帶自己前往西山妖狐部落和副族長進行會談。

柯維安卻覺得對方分明是故意留下自己收尾，讓他一人想辦法對一刻以及曲九江解釋這場社遊的眞正目的。

他原本想拉著眾人去黑令和瓏月的房間——雖說男女有別，但爲了確保黑令的安危，瓏月和對方共住一間房——起碼可以晚點面對另一名半妖同伴。

可惜一刻打碎了柯維安的期望。

那名白髮男孩眉一挑，嘴角勾起的笑意凶狠，「早死早超生，柯維安。」

於是柯維安只好哭喪著一張娃娃臉，垂下肩膀，腳步沉重得不像要踏入自己的房間，反而像是要赴刑場。

卻沒想到剛打開房門，映入眾人眼內的赫然是面帶嫌惡和冷然的高大青年，一頭微鬈的髮絲隨意綁成馬尾，垂在肩前。

原以爲早該睡著的曲九江就這麼雙手抱胸，像尊門神似地堵在門後通道上，目光越過柯維安與一刻，落在後頭的身影上。

「嘖。」曲九江彈下舌頭，垂落在肩前的髮絲霎時轉紅，瞳孔也成銀星色彩，「誰讓你們帶狐狸回來的？」

那毫不隱藏的妖氣讓黑令與瓏月一怔，進而想起柯維安曾說過他們還有一名半妖同伴，想必就是面前這位年輕人了。

「我是西山妖狐的瓏月，副族長的近身護衛。」瓏月抱拳行禮，「能否請問你是何族之民？」

「啊，黑令、瓏月，這位就是我提到的另一名同伴，他叫曲九江。」柯維安連忙搶在曲九江再次說話前開口，以免對方吐出什麼挑釁人的句子。「曲九江，這兩位是瓏月小姐和黑令先生。黑令先生和班代是同行，他是黑家的狩妖士。」

柯維安特地強調了「小姐」兩字，好讓曲九江明白對方是名女性，不要言辭過於尖刻。但他忘了，曲九江就算對女性也從來沒客氣過，否則也不會有向他告白的女孩子最後卻哭著跑走的事情發生了。

對於紅髮身影原來是女孩子，而褐金髮色的男子是狩妖士，曲九江的眼中閃過了不明顯的訝異。可很快地，他就扯出嘲諷的冷笑。

「我是何族與妳有關嗎？不管你們來這做什麼，都少牽扯到我身上，我對狐狸的家務事一點興趣也沒有。」

「慢著，曲九江，你知道學長帶我們到這的目的？」一刻愕然，結果到頭來不知情的就只有自己嗎？

「我不知道。」曲九江卻是乾脆地回了這四個字。無視一刻吃驚的神情，待他坐進沙發內，才懶洋洋地說道：「你們不會無緣無故帶妖狐族的人過來，這裡又是妖狐族的地盤，我想不出除了他們自己的事，還會有什麼問題了。小白，難道你連這種小事也想不到嗎？」

自己想不到的就只有他X的怎麼會收了這混帳做神使！一刻捏緊拳頭，額角爆出青筋，但理智還是提醒了他現在有外人。他深呼吸幾下，總算成功按捺下謀殺自家神使的衝動。

幹得好，宮一刻！他忍不住在心裡稱讚自己，然而下一秒柯維安突地又湊過來，小小聲地和他咬起耳朵。

「小白親愛的，那個什麼啊……我發現曲九江剛才說的話，再加一個字就變得很有爆點耶。『誰讓你們帶狐狸精回來的』，超像正宮在質問小三有沒有？不過正宮明明就是我咩。」

一刻放棄深呼吸，有人選在這時機撞上槍口，他就成全對方。他對柯維安露出一個笑容，罕見地不帶凶狠、凶猛、凶悍。

柯維安不禁受寵若驚，平常他開這些玩笑都會換來眼刀子或是一記爆栗。見一刻朝他勾勾手，他樂孜孜地再靠上前，然後感覺自己肩膀被按住，然後——

碰！

然後柯維安看見了滿天金星在眼前飛舞，他摀著額，覺得一時分不出東西南北了。

「好，來講正事。有什麼我不知道但我該知道的事，就一口氣在這全講出來吧。」一刻的額頭也在發疼，不過以前常打架，頭錘什麼的早就習慣了。最重要的是，他現在非常神清氣爽。他將另外的沙發留給兩名客人，自己則是坐在床緣，「我只知道我們是來這社遊的，其他的事，學長並沒有告訴我們。」

雖然他目前已經很清楚，他們來這果然另有目的。一刻緊緊地擰起眉頭，就知道胡十炎怎麼可能白白地讓他們前來岩蘿鄉社遊。

「假使不介意的話，就由我來負責說明。」瓏月維持站姿，像柄直挺的長槍、筆直地佇立在距離門口通道最近之處。她本來不想擅自先出聲的，可是那名顯然也知道事情來龍去脈的娃娃臉男孩還在暈頭轉向，短時間似乎無法好好開口。

察覺到其餘人的目光都落至自己身上，瓏月站得愈發硬挺，聲音在不自覺中微微緊繃。

「事情……最開始大略要上溯一個多月前。不知道是從哪裡傳出的，但是妖怪間私底下出現了一個傳言。據說，西山妖狐部落裡有著大妖『唯一』的碎片，只要能獲得碎片，就可以得到強大的力量。這些純粹就是……無稽之談！」

瓏月平直的語氣驀地拔得強烈，金眸也散發出一絲壓抑不了的怒氣。但很快地，她自覺情緒失控，閉了下眼，待睜開時又是一片嚴謹肅穆。

「……抱歉，剛剛是我失態了。『唯一』早在數百年前就遭封印，進而消滅。岩蘿鄉雖然曾是進行封印的其中一地，可斷然沒有遺留下所謂的碎片。若是有，百年前就該被發現，而非直到今日才被人知曉。但是，許多妖怪們還是盲目地相信這則傳言，試圖闖入我族領地。」

「不過『西山』一詞畢竟太過廣泛，我族在西方山脈皆有分布，但主要部落是於岩蘿鄉一帶卻少有人知，因此多數妖怪仍不得其門而入。只是這一個月下來，多少還是有部分妖怪尋來滋事。當然，皆被我等近衛驅逐。倘若時間一久，就怕越來越多妖怪得知岩蘿這個地點。我族自是不畏懼，但陰七月眼看就要到來，那是我族的大事，著實不想受到無端干擾。而在淨齋期以及陰七月中，礙於族規，我們也不便與人過度起衝突。所以，副族長和族長才會決議委請值得信賴之人幫忙。」

「族長應允會派出神使公會的成員，便是安大人和諸位；副族長則是請了熟識的狩妖士協助，就是黑令先生，再由我和阮鳳娘分別迎接各位前來花見旅館。」

瓏月的這段敘述有條不紊，一刻頓時也明白了黑令出現在此的原因。但有個地方，卻令他感到違和。

是哪裡不對勁？安萬里說岩蘿和「唯一」有關，那麼就是指這裡曾是封印「唯一」的地方這件事吧？

「唯一」被封印，然後消滅……不對！

一刻倏然一驚，他想起之前張亞紫曾告訴過他的情報。那名眞身是「文昌帝君」的褐膚女子親口說了，「唯一」是指某個大妖怪，據她所知，它還在沉睡中。

既然如此，瓏月又怎會說「唯一」已被消滅？

一刻心中驚異，可還沒脫口問出，自己身邊的床鋪就傳來了一陣下沉的重量。

「小白，『唯一』還在沉睡之事，好像還是個未公開的祕密。先別說，之後再看老大的意思。」柯維安在一屁股坐上床的時候，也飛快擦過一刻耳邊說，「而且瓏月也還有事沒說完的樣子。」

一刻看了柯維安一眼，接著細微地點點頭。

妖怪間的事，他確實知道得不夠多也不夠清楚，還是不要貿然行事比較好。

而瓏月果然還有話要說，她張握一下置放腰側的拳頭，像在調整心緒，然後說道：「我們最初邀請各位前來，確實是爲了這事。但就在近一個禮拜前，我記得很清楚，就在我驅逐宵鼠的隔天，族裡竟發生了孩童失蹤案。失蹤的都是相當年幼的妖狐，年紀就和人類孩童差不多。總共三人，他們一起無聲無息地失去蹤影，也找不到什麼可疑的掙扎痕跡。我們懷疑……」

「懷疑是不是有其他妖怪暗中闖入，綁架你們族裡的幼童，之後好作爲要脅？」柯維安將話接了下去。

瓏月沉默，僅是沉重地點點頭當作回答。

這就是他們族裡最擔心的。妖狐族向來極重視幼狐，萬一敵人將之作爲籌碼，他們難有還手之力。

「失蹤的事，狐狸眼的有告訴過我了。」趁著安萬里不在，柯維安直言不諱地喊著他私下給對方的綽號，「但有其他的疑問，我想問一下。」

「請說。若是我知情，定知無不言。」瓏月說。

「你們口中的『陰七月』，是有什麼盛大的事嗎？我聽鳳娘小姐提過，似乎是有個祭典，爲此你們在一個多月前就得進入所謂的……呃，淨齋期？」柯維安是真的好奇許久，一直沒弄清楚總令他心癢難耐。

「這部分的話，我倒是略知一二。」一直在旁靜靜聆聽的黑令驀地插口，登時視線換聚集到他身上。

這名俊美的年輕人仍然不習慣受到注目——即使他是個常待在鎂光燈下的模特兒——他溫和地靦腆一笑。

「我……我也是聽那位妖狐朋友所說，陰七月便是指農曆七月，也就是人類俗稱的鬼月。而鬼月裡的重要事，莫過於七月一日鬼門開。這點，不管是對人類或是妖族而言，都是一樣。」

「啊，難道說……」柯維安腦筋動得快，立即恍然大悟。

「妖狐族的重要祭典就是迎接鬼門開，只不過他們不稱鬼門，而是稱『幽燼之門』。七月一日一到，幽燼之門開啓，他們要迎接妖魂歸返，直至陰七月結束，再送魂離去。」黑令說。

但這番話語，卻令瓏月大吃一驚。

「黑令先生，爲何你知道得如此詳細？這應該是只有妖怪們才知道的……啊！」瓏月像是憶起什麼，眉毛舒展開，眉宇間的訝色也褪去，「我怎麼忘了，你所說的朋友，一定是指副族長……也難怪你會對這些事那麼了解。」

「是的……她，告訴過我不少事。」黑令輕點下頭。

「抱歉，打個岔。」一刻出聲，他看看瓏月，再看看黑令，接著把壓了許久的問題慢慢吐出，「你們提到的副族長……該不會就叫左柚吧？」

左右？柯維安愣了愣，還沒來得及說出這名字還眞是特別，一刻就像看穿他想法地說：

「是柚子的柚，不是你想的那個左右不分的左右。」

「小白，你眞不愧是我的好麻吉，連我想哪個字都知道！」柯維安開心地說，立刻張開手臂，要給一刻一個熱情的擁抱。

一刻眼明腳快，直接踹開了那想黏過來的牛皮糖，他可是受夠了再被瓏月誤認爲他和柯維安那混蛋在搞基。

「小白先生，你也認識副族長？」瓏月倒是沒多想，既然先前柯維安解釋過了，她也就毫不懷疑地相信，而且她對於一刻說出的人名更感到吃驚。

左柚，西山妖狐中唯有一人是叫這名字。她不但是他們的副族長，更是力量僅次於族長的四尾妖狐。

「白個……」一刻差點咒罵出聲。不管是安萬里、曲九江、柯維安，還眞的都將小白當成他本名跟人說了嗎？

「老子的名字是宮一刻，還有柯維安你死遠一點。」一刻忍無可忍，一掌將不死心又湊過來的娃娃臉拍到旁邊去。

對整場談話毫無興趣，也不知道有沒有聽進去的曲九江，倒是將一刻的惱火抱怨聽進去了。

「嗤，小白，我看你就乾脆改姓吧。」曲九江嘲弄地嗤笑一聲，馬上得到一刻凶厲眼刀。

「改你老木！你是不會自己去改嗎？你他媽的要閉嘴就給老子閉整場，不要一開口就只會嘰嘰歪歪，你當你是柯維安嗎？」

「等一下，小白！我要抗議、我要申訴！」柯維安頓覺委屈，「爲什麼是拿我作標準？人家的玻璃心都要碎了啊，嚶嚶。」

「啊啊？你居然拿我和室友B比？」曲九江冷下臉，像是受到屈辱地站直身體。

「這是赤裸裸的人身攻擊！」柯維安的抗議照慣例又受到無視。

瓏月可沒想到自己無心的一句話會導致這局面，眼見白髮男孩與棕髮青年的氣氛險惡得一觸即發，似乎隨時就會爆出內鬨，她不免有些無措，不知道自己該不該上前勸阻。

可出人意表的是，另一抹高瘦身影率先挺身，介入一刻和曲九江之間。

「還請你……不要太過分！」那人竟是黑令。

褐金髮色的男子一改原先的溫和靦腆，好看的臉龐像是發怒地緊繃著，眼眸銳利，就像原以為溫馴的大犬突然齜牙咧嘴，展現出凶性。

「我從剛剛就注意到了，你對宮……宮同學的態度，就算用無禮來形容也不為過。即使你是他的朋友，也不該如此對人。」

「那又與你何干？」曲九江像沒想到那名黑家狩妖士會忽然出頭，他瞇細染銀的眼瞳，冷冷一笑，態度無比倨傲，「別人家的事，輪得到雜魚來管嗎？」

「他是我敬仰、崇拜的人，我不容許你……這般失禮地對待他。」黑令硬著聲音說，對釋放出凜冽妖氣的曲九江毫不退卻。

敬仰？崇拜？柯維安眨巴著眼睛，轉盯著一刻。原來黑令之前不是開玩笑，是說真的。

一刻摀住臉，忽然覺得累了，他只想跟正常人說話難道是種奢望嗎？好吧，顯然該死的是。

「別問老子，天曉得他是聽左柚說了什麼，才說崇拜我……對，我說的那個妖狐族朋友就是左柚，我和她是高中認識的。所以說……」一刻狠厲了眉眼，霍然暴吼，「曲九江，你天殺的敢跟黑令打起來，老子就親自滅了你寄放在我這的草莓蘇打！別忘記是誰想要瞞過楊老爺子和楊百罌自己到現在還愛喝這玩意的！」

這怒吼一砸出，戾氣四溢的曲九江瞬間不明顯地一個僵直，攀染上大半髮絲的狂狷紅色也像是受驚地頓住，下一秒全褪了回去。

曲九江面無表情，久久才發出一個哼聲，看也不看黑令一眼，自顧自地把自己扔回沙發。

柯維安費好大的勁才憋住笑，這場面絕對希罕，安萬里沒在現場眞的太可惜了。他掩飾住笑聲地咳了咳，怕自己一笑出聲，曲九江被迫硬生生憋下的怒火就會全掃向這邊。到時自己這尾被波及的池魚，估計是屍骨無存了。

「不過，咳咳……」柯維安努力使聲音別因笑意發顫，他小小聲地說：「班代不是早就知道了嗎？」

曲九江森冷地瞥來一眼。

「不，剛說話的不是我，我什麼也沒說。」柯維安迅速見風轉舵，裝無辜轉移話題一向是他擅長的。「現在這才是我要說的，黑令先生，你爲什麼會崇拜我家小白啊？你那位朋友，左柚小姐是告訴了你什麼嗎？我也很想知道，能不能也說給我們聽聽？」

「咦？但是，瓏月……」黑令似乎深怕自己打斷瓏月未完的話。

「我大多已說明完畢，黑令先生請不用顧慮我。」瓏月思索了下，隱約覺得好像漏了什麼，可是主要的事情的確也已交代，於是她神情認眞地說：「副族長和一刻先生的事，我也相當好奇。」

黑令環視一圈，發現連沙發上的曲九江也暗地瞥來目光。他想了想，終於緩緩開口：「我……我也是從左柚那聽來的。她說，她是在宮同學唸高一時認識他的，他們……」

柯維安、瓏月甚至曲九江都被吸引了注意力，唯有話題主角宮一刻鐵青了臉，偏偏打斷黑令的話也不是，只能痛苦地聽著一個初認識的人如數家珍地說起自己過去的事。

幾年前的事蹟被人扒出來講……這靠杯的是什麼羞恥遊戲啊！

□

像是有什麼聲音驚動了安萬里，使他驀地頓住欲往前的步伐。

「安先生？」一旁的阮鳳娘見狀也跟著停下腳步，探詢般地望著那名氣質嫻雅、令人難以想像活了七百年之久的年輕男子。

「不，沒事。」安萬里微微一笑，「鳳娘小姐，請妳繼續領路了。」

「好的。」見無事，阮鳳娘也不多問，點點頭，向前方伸出雪白的藕臂，「接下來是往這方向行走。」

安萬里和阮鳳娘如今身處一條狹窄的徑道，兩側聳立著蒼綠蔥幽的林木，地面上草葉蔓生，若不仔細觀察，難以留意到這條幾乎被淹沒的小路。

安萬里和阮鳳娘正在前往西山妖狐部落的路上。

這次那兩名高頭大馬的保鏢沒有一塊前往，僅僅他們兩人而已。畢竟阮鳳娘要帶安萬里去的地方，也不是一般族人能靠近的。

他們要去的，正是西山妖狐副族長目前的靜修之處。

按照悠久的族規規定，在進入陰七月的一個半月前，族中最高位者便要另尋一處不受打擾的清靜隱密處，爲著之後到來的重要祭典進行禱告的儀式。

禱告每日延續，不得有一日中斷。

西山妖狐的族民相信，這樣可以使得山林平靜，讓陰七月的重要祭典順利無礙地舉行。

由於身爲族長的胡十炎不在，因此這項責任就落到副族長身上。

爲了確保靜修之處不會有他人闖入，在一定的距離外皆有近衛守護。若是族裡有重要事情，也是交由近衛幫忙轉達，讓副族長得以作出最後定奪。

安萬里也曾見過西山妖狐的副族長，他記得是名看似楚楚可憐，但眼中有著堅定光芒的少女。與胡十炎雖然相差了兩百多歲，可是胡十炎已足夠放心將族裡的大小事都委由她處理。

「左柚小姐……」安萬里提起了一個話題開頭，「近來還好嗎？」

「啊，是。」聽聞副族長的名字，阮鳳娘先是一怔，隨後輕輕笑起，「副族長依然一如往常。待會兒安先生就可以見到她了，相信副族長一定會很高興。有你們的幫忙，相信……」

似乎想到什麼，阮鳳娘笑意微斂，長長的睫毛半掩，遮住那雙柔媚的鳳眼，「相信……那三名失去行蹤的孩子，也能很快地被找到。」

「我們必定會盡心盡力。」安萬里保證。他會帶著一刻等人前來岩蘿，除了代替胡十炎查看族裡的境況，是否眞有其他妖怪爲了那傳言前來騷擾；另一個目的，便是他和胡十炎也收到有關三名年幼妖狐失蹤的消息。

雖然他一開始將這事瞞著一刻和曲九江，不過想來現在他們也已經從瓏月口中得知來龍去脈了。

「鳳娘小姐會特地安排我們住在花見，想必也是有原因的。」安萬里幾近無聲地踏過路面草葉，溫和的嗓音在山林間平靜地擴散開來。那雖是疑問句，用的卻是肯定語氣。

「是。」阮鳳娘沒有太多訝異之情，她相信安萬里已從胡十炎那聽聞了全部的訊息，「最後看見那三名孩子的地方，就是花見鄰近的區域。在花見工作的族人們證明，他們在下午時還見到那三名孩子在外玩耍，到傍晚卻已不見蹤影。原本以爲他們各自返家了，誰想得到……」

阮鳳娘嚥下後半語句，白皙的臉上含帶一絲淡淡憂傷。她仍記得那三對雙親驚慌失措的表情，彷彿不敢相信自己的孩子怎會平空沒了影子。

幼狐失蹤在族裡是大事，他們動員了許多人尋找。可就算把花見旅館附近的山區都翻個底朝天，還是沒有任何線索，也沒有疑似掙扎的痕跡。

族裡的人本想繼續找下去，然而淨齋期緊接著到來。眾人怕壞了族規，有可能破壞山裡的平靜，使得陰七月的祭典生變；同時他們也不得不擔心，會不會是那些聽信傳言前來岩蘿的妖怪暗中綁架了孩子，好在之後作爲要脅。

如果讓那些妖怪知道他們妖狐族將幼狐視若珍寶，是不是會毫無顧忌地步步進逼，非要他們交出那個根本就不存在的「唯一」的碎片？

「縱然岩蘿曾是封印『唯一』的其中一地，但這裡也不過就是個過渡地帶。」阮鳳娘低聲地說，「『唯一』只是在這被封印，並不是在此處被消滅，又怎麼可能會有什麼碎片留下。如此荒謬的傳言，當眞不知是從何傳出的，擺明了就是針對我們西山妖狐一族。」

「有人覺得荒謬，但渴望力量者，卻會盲目地將之視爲眞實。」安萬里說。

「鳳娘只是個婦道人家，不懂追求力量有什麼好的。」阮鳳娘苦笑，嬌柔的嗓音轉得愈發輕微，「換作是我，我只求自己的孩子能平安無事、一生順遂。爲了保護他，要我做什麼都願意……」

阮鳳娘像是出神地呢喃著，目光落至遠方。

見狀，安萬里像感到有些過意不去地開口，「抱歉，鳳娘小姐。妳也是爲人母，你們族裡發生了這種事，妳一定也很不好受……等見過左柚小姐之後，我們會馬上擬定計畫、採取行動的。」

「一切就都勞煩安先生你們了。另外，我可否冒昧地詢問一事？」

「請說。」

「族長……最近事務如此繁忙嗎？我以爲這回，族長會一塊回來的。」

「最近公會……是有點事，十炎分不開身。對於齊世遺想登門道歉的事，他表示等他下次歸來再做處理。」

「原來如此，鳳娘了解了。」

一番交談中，阮鳳娘和安萬里不知不覺深入了山林。四周挺拔大樹環繞，遮蔽了大半日光，使得這裡的溫度明顯降了一、兩度，林中也顯得有絲陰濕。

突然間，安萬里注意到前排樹木上幾乎是按照著一定的規律，在粗壯的樹幹上綁繞著一圈白繩，繩上還垂掛著多枚小巧鈴鐺。

「這記號代表著即將進入近衛駐守的範圍。」阮鳳娘察覺到安萬里的視線，於是解釋道：「若無重要事擅自闖入的話，會遭到近衛驅趕。不過我已經事先聯繫過了，只是……」

阮鳳娘忽然欲言又止，雙眼望著安萬里，或者說，是望著安萬里這一路走來都抱在臂彎中的綿羊玩偶。

打從在花見旅館外和安萬里再度碰面後，阮鳳娘就一直很在意那個巨大的玩偶。她不明白那名溫雅男子爲什麼堅持要帶著那個……略顯奇異的玩偶，去見他們的副族長。

「那個，鳳娘也許失禮了，但是……」猶豫了半晌，阮鳳娘還是忍不住問出心中疑惑，「安先生爲何要帶著這玩偶前來？」

「其實呢，我是個怕寂寞的人。」安萬里從容地微笑道。然而從他口中吐出的答案，怎麼聽都像是在開玩笑。

只不過阮鳳娘也不便質疑對方答案的眞假，畢竟那名男子的歲數與身分比她高出太多，再深問的話反倒失禮。

既然隨身抱著玩偶沒有造成什麼妨礙，阮鳳娘也不多說。她正要示意安萬里隨她往另一個方向走，剎那間，山林中竟漫生出薄薄霧氣。

那霧就像是從哪個深處角落冷不防地飄出，再緩緩擴散開來。只是一會兒，視野所及全瀰漫著那稀薄的霧氣。

空氣受到影響，也跟著變得涼冷。

「起霧了？」阮鳳娘驚訝地喃喃細語，伸手往前一探，「可是這時節，照理說不會有霧的……」

阮鳳娘的話未竟，霧氣陡然加重，像是一層淡淡的乳白色。與此同時，阮鳳娘眼角赫然捕捉到一抹纖細身影。

「誰？」阮鳳娘連忙轉頭，然而當她正眼瞧清時，一雙美目不由得大睜，錯愕與震驚渲染而出。

乳白霧氣中，阮鳳娘看見了遠方有人朝另一端前行。對方背對著他們，無法瞧見正面容貌，可是單憑背影，便足以使阮鳳娘辨識出對方身分。

那人身形纖弱，一頭金褐長髮覆蓋背上，頭頂有一對尖尖狐耳，背後是四條華美的金褐色尾巴。

族裡只有一人是四尾妖狐！

「副族長？」阮鳳娘愕然地喊，「爲什麼副族長會……近衛並未給予我通知啊！」

「是左柚小姐嗎？她看起來像要去哪裡……」安萬里瞇細眼，看著那人影像沒發覺到他們的存在，一逕往更遠方走。

「我不可能錯認的，而且族裡也只有副族長是四尾妖狐。」阮鳳娘相當篤定。

眼見那身影越走越遠，再過不久便要讓白霧吞沒、難以找尋，阮鳳娘顧不得聯繫近衛追問，急急也朝那個方向追出。

「副族長、副族長！」阮鳳娘高聲叫喊道。

但不知對方是真沒聽見，或是這些來得古怪的霧氣阻礙了聲音傳遞，那抹纖弱人影還是未曾回頭。

「左柚小姐不是應該在靜修之地？」安萬里跟著阮鳳娘加大步伐，他注意到他們的腳步重重落在地面上，卻沒有聲音。

不光如此，四周的白霧逐漸轉濃，連帶地讓遠方人影愈發模糊。

這霧，絕對不可能是自然生成的。

阮鳳娘也發現了，那張柔美的臉蛋頓時血色微褪。

「這……這是怎麼回事？」阮鳳娘的嗓音洩露些許慌亂，她不禁頓住步伐，然後驀然抽了一口冷氣，美目瞠大，「安先生，地面上……」

安萬里聞言反射性低頭，鏡片後的眼瞳隨即掠過驚愕。

該是散布石塊、草葉的深棕山路上，不知何時多出了一種顏色。

黑色。

那黑色暗得反射不出一絲光亮，簡直就像是突然出現了深淵。

沒有給予安萬里和阮鳳娘吐出疑問的機會，宛如察覺到自己的存在被人發現，那抹闇黑霍地分裂，形如彎彎曲曲的扭曲藤蔓，下一瞬便迅雷不及掩耳地從各方竄湧而上……

彷彿只是幾分鐘的時間，遠方的纖弱身影消隱霧後，乳白色的霧氣也倏然散去，留下空無一人的深幽徑道，什麼人也沒有。

什麼事，都像沒發生過。

僅有白繩上的小巧鈴鐺像是被風吹過地晃動，叮鈴……叮鈴……

第八章

「哈啾！」

突來的癢意讓柯維安忍不住打了一個噴嚏。

察覺到第二個噴嚏又要竄上，搶在衝出之前，柯維安趕忙捏住鼻子，屏住了一會兒呼吸，隨後才放鬆地吁出一口氣。

柯維安就怕自己的噴嚏聲將同房的人都吵醒，現在可是……

柯維安不確定現在的正確時間，只記得他們房間關燈的時候大約快十二點了。他伸手往旁邊的矮櫃摸索，一下就摸到了自己的手機。

藉著螢幕上的冷光一看，這才發現都已經半夜兩點了。

「哎哎，睡不著啊……」柯維安用氣聲喃喃自語，盯著天花板的一雙大眼睛格外有神，裡頭確實找不出絲毫睡意。

相較之下，房裡的另外兩人則是毫無動靜，呼吸平穩，似乎都已陷入熟睡。

柯維安大概明白自己睡不著的原因，估計是心情還有些亢奮，平復不下來。

下午經過女子更衣室裡的那場風波，黑令和瓏月便到他們房間來說明西山妖狐這陣子所碰上的困擾，以及三名妖狐族孩童失蹤的事。

雖然彼此討論了一番，但由於安萬里還未歸來，所以最終還是決定等他見過西山妖狐的副族長後，再來擬定計畫行動。

於是黑令和瓏月也沒有待得太晚，就回到自己的房間。

柯維安小心翼翼地掀開棉被一角，讓自己不驚動身旁人地坐起。雖然房裡未開燈，不過已適應黑暗的眼睛也能看清周遭景象。

擺在前方的沙發依然空無一人，安萬里還沒有回來。

狐狸眼的也去太久了吧？和那位副族長那麼有話聊嗎？柯維安在心裡納悶地咕噥，隨後視線無法控制地落上身邊的人。

與他共睡一張床的白髮男孩側著半邊身體，一頭白髮平時看起來囂張，睡著時也不安分地亂翹。

柯維安忍不住想起了黑令剛說的話。

那名男子和西山妖狐的副族長左柚是極好的朋友，也從左柚那裡聽說過許多一刻在高中時的神使事蹟，因此對一刻忍不住產生了崇拜的心情。

「我也很崇拜小白啊，可是那個黑令眞的知道很多我不知道的事……可惡，認識小白的親友了不起嗎？人家可是和小白同居一年了呢，而且我也認識小可和小可的哥哥嘛……」柯維安嘀嘀咕咕地抱怨，這次他忘記將聲音壓到最低。

當旁邊的一刻忽然翻身，柯維安嚇了一跳，連忙閉上嘴巴，一動也不敢動。等到確認對方只是無意識地換個睡姿，並沒有眞的被驚醒，他緊繃的身子才放鬆下來，慶幸自己沒有吵醒一刻，也沒有吵醒另一張床上的曲九江。

柯維安悄悄溜下床，踩著地毯，不敢發出丁點聲響地往房門口移動。

既然躺了半天仍沒睡意，他想乾脆到房間外吹吹風吧，順便欣賞下夜空兼想事情好了。

雖說房裡的廁所特地使用了採光良好的玻璃罩充當天頂，讓人可以仰望星空，但是三更半夜裡，一個人孤伶伶地坐在馬桶上，怎麼想都太可憐了。

柯維安沒有驚動兩名同伴——實際上他也不確定身爲半妖的曲九江有沒有察覺到，不過對方察覺了也不會理會自己分毫——順利地來到外邊的走廊上。

他們房間所在的走廊是開放式的，從圍牆後探出頭往外一看，就能瞧見庭園裡特別規劃的園景。而抬頭向上望，乾淨深邃的大片夜空登時倒映在眼裡。

正逢夏季，即使夜半時分也不會教人感覺到冷。

柯維安交叉雙臂，擱至圍牆上，再將下巴抵在上頭，一顆腦袋不由得回想起從黑令口中得知的驚人事實。

那也是造成他今晚心情亢奮難以入眠的原因。

「你們……有聽過『牛郎織女』的故事嗎？」

那道柔和悅耳的嗓音彷彿又再次於腦海中迴盪。

柯維安知道一刻的前世是牛郎和織女的孩子，也知道他不單是個神使，還是個半神。

然而柯維安卻怎樣也想不到，原來「牛郎織女」這則神話故事，其實隱瞞了不爲人知的眞相。

傳說，天帝的小女兒織女愛上了只是凡人的牛郎，兩人相愛卻受到天帝反對，甚至派遣天兵天將帶走織女，強迫她與牛郎及一雙兒女分離。

爲了尋回妻子，牛郎在金牛星的幫助下，利用簍筐帶著孩子前往天界。得知消息的織女突破看守，要與自己的丈夫、子女會面。眼見一家人即將重逢，西王母卻拔下髮簪，畫出銀河，阻止了牛郎織女一家重聚。

這是一般人耳熟能詳的故事。

可是，如果不是今日從黑令口中得知，柯維安根本不知道傳說故事原來與眞實有著出入。

千年前，牛郎織女相識、相戀、成婚，然後被迫分離。天帝不允許織女竟然和牛郎這名人類在一起，織女被天兵天將強行帶走。然而對於回到丈夫、孩子身邊的強烈渴望，以及對自己的愛情遭到反對的悲傷、憤怒，一切疊加起來……願望、渴望、希望，終於化成了吸引瘴前來的，欲望。

不論是人、神、鬼、妖都會有欲望，欲望一旦失衡，便會引來專門吞噬人心的妖怪，瘴。

織女受到瘴的入侵，魔化了心智，即使最後在天兵天將的合力壓制下，將瘴驅出，但是身負重傷的瘴卻趁隙逃竄至人間，躲匿得不見蹤影。

由於那瘴奪佔了織女的部分神力，因此就算沒有宿主寄附，也依然能化爲人形。所以唯獨它，就只有她，那名擁有與織女相同外貌，僅有一雙眼瞳是不祥猩紅的瘴，被冠予了名字。

其名爲——怠墮。

雖說之後牛郎織女終於一家團聚，但怠墮已藏於人間。爲了彌補當年的過錯，織女這千年來都在追捕著這名曾讓她心智魔化的瘴，要親手將之消滅。

就在數年前，織女與當時正讀高一的宮一刻相遇了，因緣際會下賦予了對方神力，收他成爲自己的神使。一直到和重新歸返人世、試圖奪得她全部力量的怠墮對戰時，才終於發現到一刻的身上流有她和牛郎的血脈。

她在偶然的機會下納爲神使的那名白髮少年，竟然就是自己千年前早夭孩子的轉世。最後在多名神使以及神祇的聯手下，怠墮被天雷擊斃，徹底灰飛煙滅，再也不存在……

「唔啊啊啊，要是我幾年前也在潭雅市的話，說不定也有機會能參與到那一戰啊……」柯維安爲自己沒來得及參與感到扼腕不已，「感覺起來超熱血沸騰的，還能早幾年認識小白……怪不得黑令光聽就產生崇拜，換作是我也會啊。是說，原來小可和小可的哥哥就是那時候的其中兩名神使……嘤嘤，羨慕嫉妒啦……」

柯維安忍不住哀怨地吐出一口氣。

黑令畢竟不是當事人，知道的也都是左柚告訴他的，因此也只能大略敘述，細節部分則無從得知。

但光憑這些，就足以讓柯維安感到一股難以言喻的激動、激昂，多希望自己那時也能在現場。

而柯維安也瞄到曲九江的眼眸底處，亦掠閃過銀星般的光芒。

唯有情緒起伏時，那名半妖青年的雙眼才會洩露出妖化的端倪。

柯維安敢用咩咩君最引以爲傲的眼睫毛打賭，曲九江一定也對那場戰鬥感到興奮——當然，他是不是純粹爲了能和力量強大的怠墮對上而興奮，就先另當別論了。

柯維安眞心想要得知更多細節，他家小白的事蹟耶，怎麼可以錯過？偏偏身爲當事人的一刻嘴巴卻像是緊閉的蚌殼，不肯多說就是不肯多說，硬是沒辦法從裡面撬出一個字。

即使柯維安搬出了絕招，利用自己得天獨厚的外表賣萌裝可愛，最多只也只是換來一刻沒好氣地哼了一聲。

「有什麼好講的？不就是我被織女那丫頭壓榨再壓榨的黑暗血淚史嗎？眞要問的話，去問你師父，別煩老子。」

柯維安差點忘記身分爲「文昌帝君」的張亞紫和織女是要好的朋友。

假使問自己師父的話……在得到答案之前，柯維安覺得那名褐膚女子會勾起似笑非笑的凶猛弧度，對自己說：維安小子、乖徒弟，不然我們先來討論一下爲師那幾瓶被人掉包成水的洋酒如何？

呃，光想就覺得寒意爬上來了……而且，他還是比較想從當事人口中知道。

「因爲那是小白的事嘛，當然要從小白那聽見才更有意義！」柯維安撐直身體、握緊拳頭，眼中閃動著堅定的光芒。他不是被拒絕一次就打退堂鼓的人，否則他也不會成功地纏上當初不給他好臉色的一刻。

柯維安相信在之後的時間裡，他一定能讓那名白髮男孩對自己更加信任、信賴。

「然後小白就會成為愛護蘿莉正太協會的好夥伴了！」打著被一刻聽見絕對挨他拳頭或白眼的計畫，柯維安的臉上有著興奮的神采。

接著似乎想到自己出來外面好像也有一段時間了，柯維安掏出身上攜帶的手機，螢幕上顯示的數字登時使他咋了下舌。

「我的天，不知不覺都要兩點半了，再不睡可就真的晚了……」柯維安收起手機，打算返回自己的房間。

卻沒想到在下一剎那，聽見了聲音。

不是夜裡的鳥啼或犬吠，更不是有車輛從外經過，而像是誰在說話的聲音。

柯維安下意識地屏住氣，豎耳聆聽。只是從他這位置，只能隱約聽見有話聲，無法辨別對方是男是女，更遑論是話中內容。

柯維安平常不會特別想窺探他人隱私，然而現在是半夜兩點多，這時間居然還有人在外面走廊說話，本就啓人疑竇。

柯維安按捺不住在心底撓得他發癢的好奇心，決定躡手躡腳地循聲靠過去。

說話聲是從轉角另一邊傳來的。

柯維安記得那裡有條走廊，也有幾間客房。往走廊再走下去，一個轉角過後，又是另一條長走廊，與他們房間所在位置剛好呈平行。

柯維安將動作壓至最小，小心翼翼地接近了前方轉角。

從這地方已經能大致聽見隻字片語飄來。

「別急著行動……」

「一切就按照計畫……」

行動？計畫？柯維安詫異，同時也覺得那說話聲含帶古怪。因爲在這樣的距離下，他仍是聽不出聲音的主人是男是女，只感覺到聲音嘶啞，乍聽之下竟有如野獸低哮。

柯維安心中不禁浮上一絲警戒，直覺要他靠近點好弄得更清楚。他謹慎地探出頭，映入眼內的短廊上空無一人。

咦？柯維安愕然，可他立即反應過來。

這走廊相當短，盡頭處是逃生梯，另一端就是與他們房間呈平行的長廊。那人可能是在逃生梯的樓梯間或長廊上說話，所以聲音才會被他聽見。

於是柯維安毫不猶豫地邁步出去，確認過長廊上不見人影後，他愈發篤定那人就在樓梯間裡。

當柯維安欺近門口，這回更加清晰的句子沒有遺漏地全進了他耳中。

柯維安越聽越震驚。

「不需要質疑我……我們是彼此互相幫助……假使希望成功，就照我的話做……」

「那三個小鬼一定要藏好，否則出了差錯，我也幫不上忙了……」

三個小鬼？誰？該不會就是指……那三名失蹤的妖狐族孩童!?

柯維安睜大眼，要不是想起這時候若貿然行動，恐怕不能獲得更多線索，否則他早就忍耐不住地一步衝出。

柯維安深吸一口氣，輕手輕腳地貼靠門板，然後小心地微探出臉。

這一眼，讓他看見樓梯間果然佇立著一抹高大身影。

那身影背對著他，沒有發現他的存在，此時的沉默似乎是在聆聽手機裡另一端的回應。

但最詭異的，該屬那人的打扮。

那人全身裹著一件漆黑斗篷，連腦袋也蓋得嚴嚴實實，一點外貌特徵都沒有洩露出來。

我靠，包成這樣是哪招？柯維安咋了下舌，本想趁機窺視對方長相的計畫只能宣告失敗。他無聲地彈了下舌頭，雖說辨認不出對方身分，但在大半夜還穿成這樣躲在樓梯間與人通話，就算不是妖怪，也是十足十可疑的變態！

柯維安自知力量不夠，縱然想要出其不意地從後壓制對方，但就怕到時被壓的反而是自己。他不假思索地靜心凝神，前額霎時浮現金色花紋，組成肖似第三隻眼的圖案。

然而就在最後一筆金紋顯現、連接完圖案的瞬間，說時遲、那時快，那抹包裹著漆黑斗篷的人影霍然扭頭咆哮：「惹人厭的氣味！誰在那裡！」

那咆哮宛若野獸轟隆的嘶吼，柯維安被震懾住了。

可是、可是，他被震懾住的原因，卻不是那聲咆哮，而是——

柯維安瞳孔急遽收縮，倒映入他眼裡的不是男人也不是女人。

那是一抹形似用斗篷圍住自己的詭異黑影，臉孔處一團模糊，只有兩簇光芒在發著亮，像是兩隻眼睛……

在發亮的是血紅色的光芒，那是瘴異！

花見旅館裡居然有瘴異！

柯維安又驚又駭，但在他做出任何行動或是發出任何聲音之前，看清他額上神紋的瘴異似乎判定此刻不利它再多留，瞬間身形一個扭曲，高大的身體轉眼間像一片柔軟黑布，如鬼魅般迅雷不及掩耳地貼著天花板疾速竄出，即刻穿越過下方的柯維安，鑽向了最前端往旁分岔的長廊。

「什麼……該死的，站住！」柯維安像是驚回了神智，急忙拔腿追趕。他跑回他們房間所在的走廊，可是放眼所見，卻已無那抹黑影的蹤跡。

柯維安沒辦法判斷出對方究竟是鑽進了哪一間房裡，或是翻出圍牆逃逸。

「可惡啊！」柯維安懊惱著自己的動作終究太慢，像發洩般地一掌拍上身旁的圍牆。

「呀啊——」

驚恐尖銳的叫聲卻在同一時間劃破寧靜，像把刀般割過黑夜。

「什、什麼？」那尖叫突如其來，柯維安驚得跳起，差點以爲是自己的那一掌引起的，但緊接著就有其他聲響從他們房裡傳出。

柯維安剛回過頭，閉掩的房門霍然從內大力開啓。

「柯維安！」率先衝出房的一刻一見到走廊上的娃娃臉男孩不禁一愣，「不是你叫的？」

「哎？不是……」柯維安傻愣愣地回應。

一刻頓時鬆了口氣，緊繃的肩膀線條也鬆懈下來。他在睡夢中被那聲淒厲的尖叫驚醒，一見到應該在身旁的柯維安不見蹤影，反射性地以爲尖叫的人就是對方。

只不過一刻的安心維持不到幾秒，他猛地就反應過來另一件事——如果不是柯維安，那是誰在尖叫？

「是女人的聲音。」站在一刻身後的曲九江淡然開口。

「女人？女孩子……難道說，是瓏月？」柯維安倒抽口冷氣，不過他話剛說完，與他們房間隔了數間房的一扇門板，突地也被人猛烈地推開。

兩抹人影匆促跑了出來。

不是別人，赫然是瓏月與黑令。

紅髮少女與褐金髮色的男子都是一臉緊張和戒備，當他們望見一刻等人，臉上露出了顯而易見的安心，顯然他們也擔心著那尖叫是來自於對方。

「宮同學，你們沒事嗎？」黑令快步跑近，語氣中有著未褪的擔憂。

「不，我們沒事……等等，所以那尖叫不是瓏月發出的嗎？」一刻驚愕地問。見到被點名的瓏月茫然又困惑地搖頭，他迅速望向曲九江，「你不是說那是女孩子的聲音？」

「那名妖狐的聲音，像是女的嗎？」曲九江懶懶地拋出問題反問。在場眾人唯有他像是無動於衷，似乎一點也不在意是誰在大半夜尖叫。

一刻一時語塞，瓏月的聲音清亮，但偏中性。不知道她性別的人聽她說話，著實很難想到她會是女孩子。

「我和黑令先生是忽然聽到尖叫聲才驚醒的。」瓏月並不在意自己被誤認為尖叫的主角，她簡潔俐落地解釋道：「我們擔心你們，可既然不是你們的話……」

「柯維安！」一刻瞬間想起柯維安比他們都還早就待在走廊上，「你有聽出尖叫是從哪個方向來的嗎？」

「咦？啊？是！」柯維安立即想起來了，方才的尖叫聽起來像是來自另一條短廊。

「是那邊！」暫且壓下自己驚見瘴異的事，柯維安不敢遲疑地往前方奔跑。

見狀，所有人一併跟上。

就像柯維安自己說過的，他的短程爆發力相當好，一晃眼就跑到了側邊的短廊上。

還沒仔細確認聲音是從哪一間房傳出，說時遲、那時快，離柯維安最近的門板驟然開啟。

柯維安及時往後退一大步，避開了門板砸上鼻梁的危機。可他卻沒有預料到，隨即而來的是三道人影爭先恐後地衝擠出。

那三人跑得慌亂，壓根沒看清前方景象，更遑論有沒有他人在場，登時一頭和柯維安撞跌一塊，煞車不及的衝力使得他們踉蹌往前跌，一個壓一個，尖叫聲連連。

閃避不及的柯維安成了最底下的墊背，突如其來的重量讓他一口氣差點喘不過去。

「柯維安！」見自己的同伴居然被一票人撞倒還壓在地上，一刻大驚，一個箭步衝上。

「那幾人是……」瓏月一看清其中一人的相貌，不禁錯愕地喃喃，腳步下意識一滯。

瓏月看得分明，那是三名少年少女，唯一的男孩子還染著怪異的草綠色頭髮；另外兩名女孩都是同樣的髮型、打扮，不細看還以為是孿生姊妹。三人的衣上還沾著顯目的灰塵、污漬，像是曾鑽進哪個髒兮兮的地方。

他們正是曾在大眾池大廳遇見的許明耀、紀晴兒、莊千凌。

他們為什麼會在半夜從房間裡衝出來？尖叫的就是他們其中一人嗎？

瓏月還在猜疑不定之際，黑令也認出那三人，但他沒多問，只是趕緊上前幫忙一刻拉開人，好扶起柯維安。

唯一像是來看熱鬧的人就只有曲九江，他冷眼旁觀著走廊上的景象，然後視線忽地移向房門口。

「還有其他人。」曲九江淡淡地說。

簡直像在呼應他的話一般，下一剎那，又有其他聲音緊接著慌張響起。

「天啊、天啊，所以這到底是……而且為什麼我好像還聽見有人喊小安的名字……」

慢著，這聲音？一刻一把拉出臉色發白的柯維安，後者大口喘氣，眼睛睜得大大的，一副驚魂未定的模樣。

一刻還發現柯維安幾乎是眼神發直地瞪著不停哀嚷、狼狽撐起身體的三名少年少女。可他無暇細問，因爲他的所有注意力都讓接下來從房內跑出來的人影給攫走了。

「我靠……」一刻不由自主地張大嘴巴，與他正對上視線的鬈髮女孩也呆住，本來要說的話似乎全忘了，只能嘴巴傻愣愣地張著。

「爲……」也不知道兩人中是誰最先開口吐出一個字。

隨即那兩道不敢置信的聲音疊合在一起。

「爲什麼你／妳會在這裡，宮一刻／蔚可可!?」

異口同聲的大叫驚醒了柯維安，他飛快地眨下眼、轉回頭，然後目瞪口呆地看著站在房門口的嬌小身影。

那是一名令人聯想到棉花糖般甜美的可愛女孩，大大的眼眸像小動物有神，過肩的長鬈髮來不及打理，散亂地垂著，身上還是件小碎花睡衣，怎麼看都像是剛從睡夢中醒過來的模樣。

「小……小可？妳怎麼……」柯維安想不到會在這地方碰上蔚可可，隨後他想到另一件不對勁的事。

這裡看起來是蔚可可住的房間，既然如此，為什麼那三名少年少女會從裡面衝出來？一刻似乎也想到了，他瞬間沉下臉色，凌厲地朝另外三人瞪視過去，結果竟看見那三名高中生躡手躡腳地就想溜。

「還想跑？站住！」一刻厲聲大喝，「你們他媽的是在搞什麼鬼！」

「咿啊！」一刻凶戾的模樣嚇住了莊千凌等人，他們彈直身體，像是要跳起，但他們的僵直也只有那麼一瞬，下一秒竟是掉頭就逃。

「無法……允許。」

同一時間，走廊上浮現了輕飄飄的嗓音。那嗓音雖輕，卻格外清晰地進入每個人耳中。

一心想逃離現場的三名少年少女只覺眼前好似有什麼一閃而過，再定睛一看，他們不約而同地刷白臉，面露慌張。

他們完全不知道發生了什麼事，也沒看到有人追過自己，可是此刻阻擋在他們正前方的，卻是一名長髮女孩。

對方穿著稍嫌稚氣的圓點睡衣，頭上甚至戴了頂睡帽，尾端綴著毛茸茸的小圓球；然而她如白瓷般的臉蛋上毫無表情，一雙黝黑的眼睛就像兩顆無機質的玻璃珠。

被盯住的莊千凌、紀晴兒、許明耀只覺莫名可怕，尤其對方正手持一柄粉色的蕾絲洋傘，

閉攏的洋傘就像西洋劍般直指著他們。

「小、小語？」柯維安大吃一驚，「妳的傘換顏色了？」

「靠，你重點錯了吧？」一刻拍了下柯維安的腦袋，他來回看著蔚可可和秋冬語，似乎終於反應過來她們兩個女孩子是住同一間房的，也就是一起出來玩的意思。

原來安萬里說的「秋冬語有事」，是指她和蔚可可一塊旅行嗎？看樣子秋冬語眞的和蔚可可成爲非常要好的朋友了，同班一年，從來不曾見過有如瓷娃娃的她和誰親近……

不對，現在可不是想這個的時候！一刻暗罵自己，但是太多疑問攪在一起，他最後脫口問出的卻變成了——

「蔚可可，該不會只有妳們兩個來？妳哥沒盯著妳？」

「咦？呃，這個……那個……」蔚可可的神情當下變得心虛，她目光游移，就是不敢正視一刻。當她瞄向了一旁的黑令，她陡然睜圓眼睛，反射性地舉起手，「堯堯堯天⁉你不是那個堯天嗎？爲什麼也會出現在這裡？」

「妳小聲一點，妳是怕全旅館都聽不見妳的聲音嗎？」一刻沒好氣地板著臉，瞪了蔚可可一眼，心中暗自記下隔日要和蔚商白聯絡。蔚可可的反應太令人懷疑，簡直像做了什麼怕被人發現的事才溜出來玩。

「啊！」蔚可可憶及現在還是半夜，馬上用雙手摀住嘴，但眸子依然散發強烈求知欲望地瞅著黑令。

感受到那股視線的黑令露出柔和靦腆的笑容，主動走上前，朝蔚可可伸出手，「我……妳可以喊我黑令，妳是宮同學的朋友吧？我能喊妳可可嗎？」

蔚可可下意識地也伸手與對方握住，另一手還壓摀在嘴巴上，圓滾滾的眸子這次是驚奇地在一刻和黑令間穿梭，宛如在疑問一刻怎麼會認識雜誌模特兒。

而在一旁望見這幕的莊千凌深深感到不平衡。

「這不公平……這不公平！爲什麼堯天就對那女人那麼好？」莊千凌氣急敗壞地嚷。

「妳閉嘴啦，這時候還管什麼堯天不堯天的！」許明耀惱火地低吼，「妳還眞的想一直待在這裡嗎？這種時候，最重要的當然是……紀晴兒，我們快跑！」

許明耀冷不防地一聲大叫，扯著莊千凌的手臂就往反方向衝。

「等……等我！」紀晴兒慢半拍地拔腿奔跑。

許明耀打的主意是闖過另一邊走廊，那邊幾人顧著說話，反倒沒封鎖住他們的去路。而且就算那邊人多，也好過直接面對那個拿著洋傘的女人。

只要一想到先前的事，許明耀就感到冷汗要滲了出來。

一刻確實沒料到那三名少年少女會忽然發難暴衝，但不代表他就沒辦法攔住他們。

「瓏月！」一刻立即喊道。

「是！」瓏月的眼眸顏色還是維持漆黑，可瞳孔在不易被人察覺的情況下轉成針尖狀。她眼神一凜，不假思索地就要召出自己的武器，一舉攔下衝來的三人。

只不過，有人比瓏月的動作更快。

「我說過了，小白，搞清楚你該尋求幫助的人是誰。」本來只作壁上觀的曲九江猛地掠出，高大的身形像堵牆似地擋在許明耀他們面前。他的瞳孔、髮絲沒有流洩出妖化的特徵，但是與生俱來的氣勢與壓迫感，瞬間徹底震懾住三名少年少女。

他俊美的臉孔背著光，看起來有絲說不出的妖異，目光森寒凜冽，居高臨下彷如俯視螻蟻。

「哎?不是向我嗎?」柯維安揉揉發疼的屁股站起，想也不想地說，他這一句馬上換來曲九江狠戾的一記冷視。

「什麼啊，我可沒說錯……」柯維安改摸摸鼻子，小小聲地說：「與其向脾氣差的人求助，當然是拜託人見人愛的我和小可最快嘛。」

曾見識過曲九江性子的蔚可可心有戚戚焉地在旁猛點頭。

一刻翻了個白眼，眞想問蔚可可點的是哪門子的頭？同意自己人見人愛嗎？

曲九江沒再瞥睨向柯維安和蔚可可，他往前一步，冷然的眼眸裡映出三名少年少女畏縮地往後退一步。

「你們想逃到哪裡去？」曲九江吐出不帶溫度的嗓音，嘴角似乎掛著冷笑，「你們以爲能逃到哪裡？你們哪裡也不能去。」

那份壓迫感實在太過駭人，這一刻，莊千凌和紀晴兒甚至忘了曲九江的俊美外貌，反而是恐怖的感覺更加強烈。

許明耀更是煞白臉，不成調地發出悲鳴，心生自己如同面對怪物的錯覺。他倉皇失措地大步連退，卻因退得太急太快，在他身後的兩名少女來不及跟著反應，結果三個人都狼狽地跌坐在走廊地板上。

另一端的秋冬語也踏步前來，直接堵住了他們的去路。

不知道先前還發生過什麼事，莊千凌一發現秋冬語靠近，眼中居然有著驚恐。

「所以說，這間應該不是你們的房間吧？」一刻抱胸，下巴指向敞開的房門，「爲什麼你們會從裡面跑出來？剛尖叫的也是你們嗎？」

「那……那是因爲我差點要被殺了！差點被那個拿雨傘的女人殺了耶！」莊千凌攢緊拳

頭，反應劇烈地大喊大叫，「我們又不是故意要去她們房間的，我們才是受害者！」

「眞的……很可怕……我那時候好怕千凌就這樣出事……」似乎回想起什麼，紀晴兒頓時紅了眼眶，語帶哽咽地拉高聲音，「爲什麼是先怪我們？我們哪裡知道那是那兩個女人的房間，我們以爲……我們以爲那是堯天的房間啊！」

以爲是堯天……以爲是黑令的房間？一刻愕然，一時難以理解這究竟是發生什麼事。難道說這三個小鬼半夜去敲人家的門，結果跑錯嗎？但這樣好像又說不過……

「等一下！」蔚可可半是憤怒半是氣惱地叫道，那張可愛的臉蛋幾乎要氣紅了，「小語的確是出手稍微重了點，可那是她以爲有小偷還是強盜。哪有人會三更半夜從天花板上爬下來，闖進別人的房間裡？那根本是犯罪了！」

「天……天花板？」柯維安震驚地吸口氣，轉眼間就想通，「該不會是利用輕鋼架上的隔間……」

「你們靠杯的以爲自己在做什麼事！」一刻猛地扯拽過許明耀的衣領，一雙眼睛凶猛得像要吃人。

「我們、我們……」許明耀背脊發寒，聲音也顫抖分岔。可是他就像是不明白自己爲什麼要爲了這種雞毛蒜皮的小事被斥罵，他越想越不滿、越想越氣，忍不住豁出去地扯著嗓音大聲嚷嚷，「就只不過是要拍那個堯天的照片而已嘛！又不是什麼大事，幹嘛要小題大作啊！」

一刻瞬間感到理智線斷裂，「我操你媽——」

「小白！」柯維安神情大變，使勁全力地從後架住一刻，不讓他眞的動手，「我們先進房間裡，現在是半夜，這裡不是適合說話的地方，而且他們也不值得你生氣……他們已經，完全不值得。」

柯維安最末一句說得極輕，語氣透露著古怪。

一刻隱約覺得自己好像從柯維安的話裡捕捉到什麼，但還來不及細想，蔚可可的聲音已經先響了起來。

「要不先到我們房裡吧，也最近。」

「……不，到我們房間去才好塞得下這一票人，我們那是四人房。」一刻尋回了冷靜，他拉開柯維安的手，對著瓏月說，「瓏月，能不能麻煩妳去一樓櫃台一趟，跟他們說明一下，免得他們因爲剛才的騷動趕過來。」

「我明白了。」瓏月點點頭，不多加猶豫地往樓梯方向快步前進。

「蔚可可、秋冬語，妳們先把睡衣換一下再來我們房間，我們房號是二〇九，另一邊走廊彎過去就到了。」一刻又說：「柯維安、曲九江，就拜託你們看好這三個小鬼，別讓他們溜了。」

「放心好了，小白。」柯維安行了一個標準的舉手禮。

曲九江則沒有如以往般冷嘲熱諷個幾句，也許是因為一刻對他說出了「拜託」兩個字。

蔚可可原本還想說她一點也不介意穿著睡衣，不過秋冬語拉住她的臂彎，輕飄飄的嗓音流瀉了出來。

「談正事……要穿正式，老大都是這麼說的。」

「咦？這麼說也挺有道理……小語、小語，我好像沒見過你們老大，下次也介紹我認識一下吧。」

簡單就被說服的蔚可可和秋冬語回去了她們的房間，門口處還能聽到她嘰嘰喳喳的話聲傳出。

分派工作完畢的一刻吐了一口氣，用眼神示意柯維安和曲九江殿後，他和黑令走前面，將三名少年少女押在中間，無法脫逃。

無視許明耀等人的不滿抱怨、抗議、咒罵，一刻有種預感，這個夜晚還很長，不會那麼快就結束。

第九章

像是煩躁般地咬著自己的指甲，莊千凌不明白他們怎麼會碰上這種倒楣事？

他們三個人本來是想冒個險，找點刺激的事做，誰想得到居然會被逮個正著。

這不公平，這分明一點也不公平……

那些做壞事，眞正殺人放火的傢伙都可以逍遙法外，讓警察抓不到，憑什麼她和晴兒、明耀做了這種無關緊要的小事情，卻要被一群根本不認識的陌生人斥罵？

越想，莊千凌就越不滿。無視周遭那些說話聲，她的眼神變得陰暗，腦海中不由自主地回想起稍早前發生的事。

大約半小時前，她和紀晴兒、許明耀決定按照計畫，偷偷潛入堯天的房間。他們早就調查好位置了，堯天的房間和他們的一樣都在二樓。

而且房間裡的天花板是用輕鋼架隔成的，比想像中還好推開，只要對著角落施點力，就能讓板子離開原來的位置。天花板裡的空間也比想像中來得大，剛好夠讓一個成年人趴跪在裡面移動。

下午到晚間是容易有人來往經過的時段，雖然他們也想事先探查一遍輕鋼架中的路線，但怕響動被人發現，因而作罷；如果引來旅館的工作人員查看就不妙了。

所以他們最後待在房中，先嘗試將一塊隔板拆下來，高度的問題則靠在梳妝台上再加張椅子就解決了。

唯一美中不足的是天花板上的夾層空間藏有太多灰塵。

第一次爬進去的時候，莊千凌還忍不住連打好幾個噴嚏。一見到自己髒兮兮地出來，紀晴兒當時就想打退堂鼓了。

莊千凌也不阻止，只是故作惋惜地表示這次要是拍到照片，她可是絕對不會和人分享，要當作寶貝收藏。

果然紀晴兒登時急了，加上許明耀也在旁跟著鼓吹、煽動，一下就讓紀晴兒又改變了主意，不再想著要退出。

莊千凌一點也不意外。他們是三人小團體，只要其中一人感受到落單，就會馬上緊緊地黏上來，深怕被扔下。

對，就像紀晴兒這樣。

他們最後決定要在半夜兩點多的時候行動，這個時間，大部分人都睡了，放輕聲音行動的話，就不怕引來其他人的注意。

在緊張又興奮的期待下，半夜兩點總算到了。

莊千凌讓許明耀打頭陣，她居中，紀晴兒則殿後。現在想想，那眞是一個錯誤的決定，只是那時候的她和紀晴兒還不知道……

天花板上的夾層空間相當陰暗，幾乎伸手不見五指。偏偏她和紀晴兒的手機都壞了，幸好許明耀除了手機外，還多帶了一台平板電腦在身上。靠著這兩項３Ｃ產品發出的冷光，足以照明前方的景象。

雖然盤附在夾層裡的蜘蛛網讓莊千凌忍不住抱怨連連，可是只要一想到過不久就可以看見堯天——那個無比俊帥的名人模特兒，她就覺得心臟越跳越快。

莊千凌甚至都想好了，就算被發現，只要她或紀晴兒擺出柔弱的姿態求情，就不信對方還會和她們小女生計較。再不行的話，還可以乾脆大喊非禮或是性騷擾，反正她們是女孩子，不知情的人都會先相信她們的。

莊千凌一邊在腦海內做著各種盤算，一邊跟著前方的許明耀慢慢爬行。

也不知道過了多久，久到莊千凌都要懷疑許明耀是不是繞錯了方向。此時，前方的人忽然停了下來，轉頭對她們比出一個手勢。

莊千凌心中大喜，知道目的地到了，連忙回過頭與後方的紀晴兒交換興奮的眼神。

當許明耀小心地撬開一面隔板，莊千凌立刻移動上前，搶先成爲第一個下去的人。

他們的位置選得非常剛好，就在梳妝台的正上方。

雖然爬上去時需要用到椅子，不過下來的時候，只要多留意點跳下那一小段距離就好了。

確認過另一端的床鋪躺著兩抹身影，並且一動也不動，顯然壓根沒有察覺到他們的侵入，莊千凌縮回頭，改以倒退姿勢往後退，最後抓著隔板的邊緣，讓身子垂下。

瞄見自己的雙腳離梳妝台僅僅不到三十公分，莊千凌吸口氣，鬆開雙手，讓自己的身體往下掉。

只有一點悶聲傳出，在漆黑的房間裡並沒有引起什麼動靜。

床鋪上的身影仍然靜悄悄的，沒有被驚動到。

莊千凌鬆口氣，一切都進行得非常順利。等到雙眼適應黑暗後，她迅速從梳妝台上爬下來，也不管許明耀和紀晴兒是不是都從天花板上下來了，她抓著許明耀的手機，躡手躡腳地挑了其中一側的床位接近。

由於床上的人將棉被蓋得緊實，不靠近一點根本看不到對方的臉，莊千凌只好屏著氣往床頭方向移動，同時心中暗暗祈禱對方可別突然醒來。

只不過等到莊千凌來到床頭，看了一看後卻忍不住想要咒罵一聲。她選定的目標居然蒙著頭睡覺，別說臉了，連頭髮都看不到。

他是不怕悶死嗎？莊千凌不高興地在心裡嘀咕，但動作沒有停下。她一手緊握手機，而且早已切換到拍照功能，另一手偷偷摸摸地往棉被一角探去。她屏住呼吸，隨即就要將棉被拉扯開來。

卻沒想到在這一剎那間，事情竟突然生變！

莊千凌壓根還沒意會過來發生了什麼事，手腕就已先被一股猛烈的力道霍然拽扯住。

什、什麼？莊千凌大駭，緊扣在她手腕上的手指又冰又冷。接著她感覺到頭髮被人粗暴一抓，頭皮跟著傳來撕裂般的疼痛。

「好痛！」莊千凌再也忍不住大叫出聲，眼淚就要滾了出來。

「千凌？」

「千凌！」

紀晴兒和許明耀也被這突來的變故驚住，他們忘記自己正闖入別人的房間，驚慌失措地喊出莊千凌的名字，想知道究竟發生了什麼事。

而這一番騷動，終於也驚醒了床鋪上的另一抹人影。

「什麼？什麼？怎麼了？」那人一頭霧水地彈坐起來。

莊千凌在頭髮被人緊緊抓扯住的疼痛中，從泛紅的眼角看見了彈坐起來的嬌小人影一把掀開棉被，慌慌張張地下了床。

可那聲音，爲什麼聽起來像是女孩子的……堯天不是和那名紅髮男孩同房嗎？

沒等到莊千凌想明白是怎麼回事，那嬌小的人影已經找到了電源開關，反射性地一把按下。

瞬間，房裡燈光大亮，黑暗退去，一切無所遁形。

莊千凌震驚地張大眼，腦中一片空白。她看見開燈的是名長鬈髮的女孩子，而揪拽她頭髮的則是一名黑直髮、還穿著幼稚睡衣、戴著可笑絨球睡帽的女孩子。

她們根本就不是堯天和那名紅髮少年！他們找錯房間了！

「許明耀，你是怎麼帶路的？你這個笨蛋！」

莊千凌聽見紀晴兒不敢相信地大喊。

「但……但是，我……」許明耀結結巴巴地想辯駁。

莊千凌簡直想大罵自己的朋友是白痴，這時候不是該趕緊來救她嗎？還傻在那裡做什麼？

「你們……你們……」長鬈髮的女孩子目瞪口呆地望著他們，似乎不明白自己的房間裡怎會平白無故多了三個人。接著她注意到梳妝台上的那個缺口，她想通似地倒抽了一口氣，「天花板!?」

必須要逃，現在就得逃走！莊千凌的心中只剩下這個念頭，顧不得頭皮上的刺痛，她突然抓著自己的那束頭髮，猛力將末端從另一隻手上搶過來。瞬間驟然加劇的痛楚，讓她的眼淚奪眶而出。

急急眨去淚水，莊千凌不管許明耀和紀晴兒還呆愣著，像是不知道該怎麼辦才好，她想也不想地往房門口衝去，可是一抹影子在她眼角處一晃而過。

莊千凌什麼都還來不及看清，腳上就被一股勁道猝然向後一拽。她的身子頓時失去平衡，只能向前撲倒，重重地摔在地毯上。

莊千凌痛得說不出話來，下一秒她又感覺到自己的身體被翻過，有誰迅雷不及掩耳地抓住她的衣領，將她一把拉起。

在此同時，還未完全回復清明的視野內霍然闖進了一道疾影。

莊千凌還不知道那是什麼，耳邊就先聽見那名長鬈髮女孩子的驚喊。

「小語，不行！」

小語是誰？什麼東西不行？莊千凌茫然地想，直到她終於從疼痛中回過神來，才意識到自己的境況，也意識到自己眼前究竟是什麼。

莊千凌發現自己的衣領被另一名黑直髮女孩抓個正著，對方的臉蛋就像白瓷般無瑕，上頭卻沒有任何表情，烏黑的眼珠正一瞬也不瞬地盯著自己。

那女孩一手抓著她的衣領，另一手握著一柄沒有打開的蕾絲洋傘。傘的尖端，不偏不倚對著自己的左眼。

只消往前那麼一寸，就會戳進她的眼窩。

莊千凌全身僵硬地瞪著那離自己眼珠太近的傘尖，然後就像再也控制不住內心恐懼地放聲尖叫了起來——

「千凌？千凌！」

紀晴兒的叫喊聲和手臂被人搖晃的感覺，霎時拉回了莊千凌的意識。

「幹嘛啦？」莊千凌抽回了自己的手臂，沒好氣地回應道。她注意到包括堯天在內，那一群在走廊上將他們堵個正著的人都還在看著他們，像是在等待他們給出一個回應或道歉。

有什麼好看的？莊千凌不服輸地抬高下巴，倨傲地瞪了回去。管他們現在是不是在別人房間裡，反正只要不承認自己有錯，就不信對方能拿他們怎麼樣。況且，他們本來就沒有錯。

「千凌，堯天在問我們，爲什麼我們要做這種事？」紀晴兒小小聲地說。她本來也不想和那群小題大作的人說話，可是現在開口問話的那名金褐髮色男子，是她們喜歡的堯天。

「幹嘛還問？我們剛才在外面不都說了嗎？」許明耀不滿地說道。在方才的驚嚇過後，他又重新壯起了膽子。他想得可清楚了，對方又不是警察，自己何必懼怕那群人？最重要的是，他們沒做錯事，而且又未成年！

「我們沒什麼話要對你們說，憑什麼你們問我們就得回答？你們以爲自己是誰啊？」莊千凌雙手抱胸，繃著俏臉，不高興地別過頭，「搞清楚，被人用暴力對待的是我耶。」

「妳怎麼還好意思……」蔚可可瞪大眼，氣呼呼地就想衝上前和那三名少年少女理論個一番。

「等一下，小可，妳先別衝動啊！」柯維安趕忙勸阻蔚可可，同時不忘留意一刻的情況，就怕那名性格暴烈的白髮男孩也按捺不住性子。不過令他放心的是，一刻並沒有失去理智。一刻看起來臉色陰沉，可似乎也了解到和那三名高中生口頭上爭執完全沒有意義。

「可是……」蔚可可還是有些不甘地握緊拳頭，她就是討厭自己的朋友被人無故怪罪。

「毋須……生氣，我也不覺得生氣。」秋冬語語氣平淡地說道。

「不對啦，小語，妳應該要覺得生氣……等等，讓我想想該怎麼跟妳解釋才好……」知道自己這位朋友在情緒感受上不同於常人，蔚可可不禁皺起臉，陷入了要如何說明才能讓對方明白的煩惱中，反倒一下子忘記了原本生氣的事。

看著蔚可可蹲到角落抱頭苦思，柯維安有些慶幸對方是個容易被轉移注意力的人，否則一旦雙方再陷入爭吵，對事情的進展並沒有太多幫助。

此刻，除了瓏月獨自前往一樓大廳外，所有人都聚集在一刻他們的房間裡。

曲九江擺明了對這事不感興趣，只是堂而皇之地佔去房裡的沙發，冷眼旁觀著事情接下來的發展。

秋冬語還是隨身攜帶她那柄換了顏色的蕾絲洋傘，像尊沉默的瓷娃娃般佇立一旁。她的存在能帶給那三名少年少女壓迫感，他們雖然仍是一副愛理不理的樣子，卻也不敢再有逃跑的意圖。

不過一刻卻忍不住在意起秋冬語的服裝，她確實是沒有再穿著那套圓點睡衣了，可是全身改用黑斗篷包得緊密，成了這房裡最突兀的一道風景；要是再加上狐狸面具的話，那就成了神使公會的標準打扮。

該不會因為她說了談正事要穿得正式，才穿成這樣吧？發現到自己竟然分心在想這些有的沒的，一刻彈下舌，立即甩去這些無聊的念頭，轉而望向柯維安和黑令。

「宮同學……你覺得現在該怎麼處理才好？」黑令低聲地問，語氣中有著一絲困惑與惆悵，「爲什麼這些孩子完全不覺得自己有錯？這種事，不是很奇怪嗎？」

「那是因爲他們的腦袋他X的有洞。」一刻面無表情地說，眉眼陰冷，「不管怎樣，都不能讓這群死小鬼大搖大擺地離開。」

「我也贊同小白的意見。」柯維安的娃娃臉難得也是寫滿嚴肅。

即便這次沒有造成任何人受傷，然而那三名少年少女確實利用天花板上的夾層空間闖入蔚可可和秋冬語的房間。這次他們是想要偷拍黑令的照片，誰知道下次會不會心懷不軌，做出更嚴重的行爲？

「只是……」柯維安沉吟一聲，「不知道怎樣才能給他們一個深刻的教訓？送警察局是行不通的，那對他們來說毫無效果……嗯，以我自己的看法，真該把他們送給老大處理算了。要是知道他們有膽闖入小語的房間，老大絕對會把他們剝一層皮的——就算是這樣的情況下也有辦法。」

「這樣的情況？什麼情況？」一刻皺起眉，柯維安說到最後雖然又露出笑容，可是那語氣一點也不像在開玩笑，「算了，反正剝皮什麼的，哪可能真的會去做。」

「嘿嘿，我也只是隨便說說。」柯維安撓撓臉頰，提出另一個建議，「小白，要不然等瓏月回來再看看？畢竟這是他們一族開的旅館。」

「這麼說也是。」一刻同意，「我有想過打電話聯絡學長，只是對方手機似乎沒開，直接轉語音信箱了。」

「那個狐狸眼的也眞是的，到底在搞什麼嘛……」柯維安忍不住趁機碎碎唸。

一刻沒有將那些抱怨聽進去，他煩躁地耙耙白髮、揉揉太陽穴，再瞥望了下四周。誰知道卻看見莊千凌、紀晴兒、許明耀三個人湊在一起，居中的莊千凌還拿著平板電腦滑來滑去，不時和另外兩人嘀嘀咕咕，或是爲了什麼發出嬉笑。

三人的態度都是一副稀鬆平常，有如對剛才發生的事一點也不放在心上。

一刻瞬間又火大了起來，他簡直不敢相信那三名高中生可以毫無悔意到這種程度。

「媽的！」一刻大手一揮，頓時將那台平板搶了過來，「別給老子太超過了！」

「你……」莊千凌發現雙手一空，反射性地想發難。但是一瞧見一刻那駭人的凶狠表情，才來到嘴邊的話就不禁畏懼地全吞了回去，只能敢怒不敢言地瞪大了一雙杏眸。

一刻看也不看平板上的畫面一眼，就打算直接塞到電視櫃上，他沒興趣知道莊千凌他們究竟在看些什麼。

「咦？這個圖……小白，等等。」柯維安不知道什麼時候貼了上來，從一刻手中接過那台平板。

一刻不知道柯維安發現了什麼，他納悶地瞥去視線，發現那是一個臉書專頁，上頭發布了不少圖片，大多都跟魔法少女夢夢露有關。

而最上面那一張，看起來格外眼熟。

「嗯？這張該不會是……」一刻對那張圖很有印象，因爲在前一陣子，他才在某個地方看過而已——就在神使公會會長的住處。

胡十炎當時畫在牆壁上的特大號魔法少女夢夢露，就和臉書上的這張一模一樣。

「怎麼了嗎？」見到一刻和柯維安似乎在觀看著什麼，黑令也忍不住靠過來，「啊，魔法少女夢夢露？」

「什麼？什麼！堯天你也知道嗎？」莊千凌馬上就忘了平板被搶走的不滿，驚喜不已地望向黑令，「告訴你喔，我也超愛的，還常常畫她的圖呢！粉專裡最上面的那張，就是我最新的作品。漂亮吧？花了我很久的工夫呢！」

「粉專？」黑令像是不太了解這名詞的意義。

「就是粉絲團專頁的簡稱啦。」紀晴兒忙不迭地插話進來，就怕喜歡的模特兒忘了自己的存在，「你們現在看的是『千與晴與耀的小天地』對吧？堯天、堯天，我跟你說，那是我們三個人一起管理的專頁，專門放我們的作品。我和千凌負責畫圖，明耀喜歡寫小說……啊，對了，專頁的看板圖就是我畫的！」

柯維安的目光移向了那張尺寸最大的橫條圖，在角落的地方看到一個熟悉的貓咪圖案。他的眉毛高高地挑了起來，像是有話想說，但是當他開口的時候，問出的卻是另一個問題。

「所以上面有篇《夢夢露的祕密夢想》……那篇小說也是你們寫的？」

「作者是我怎樣，你是有意見嗎？」許明耀不爽地站直身體，眼神不善地瞪著柯維安。

「唔，該怎麼說呢……」柯維安將平板轉過來，讓面前的三名高中生也能看得清楚，對於許明耀的瞪視則不為所動，畢竟相比起來，一刻的眼刀可是比那有威力太多了。

「我只是覺得，原作者和原畫者知道了應該會很不開心吧？而且那篇小說，我記得滿早前就完結了；只是除了第一篇有公開外，後面全是鎖起來的，所以這個專頁上才會只有第一集，卻沒有後續吧。附帶一提，作者、畫者我都認識，妳們兩個剛說的圖，都是『岩石湖』放在P網上的作品，他習慣會在自己的圖上畫一隻小貓藏在裡面喔。」

「小貓!?我怎麼不知道有……」紀晴兒大驚，一個箭步衝上前搶過柯維安手中的平板。等到她仔細看清楚上面的圖片，她不可置信的嚷嚷聲戛然而止。她從來沒注意過，原來圖的小角落，真的藏有一隻貓咪的簡筆畫。

前一刻還在得意炫耀的莊千凌、紀晴兒、許明耀，這一刻全沒了聲音。他們的臉色紅白交錯，又是難堪又是狼狽，彷彿沒想到自己的謊言會被人戳破。

「胡十炎幹嘛取那種奇怪的筆名？」一刻壓低聲音問，至於P網什麼的那種專有名詞，他實在不想知道。

「岩石湖嗎？因爲倒過來唸就是胡十炎吧？」說話的人不是柯維安。

「嚇！幹！」一刻差點被神不知鬼不覺湊近的蔚可可嚇得心跳一停，「恁娘咧，妳是想嚇死人嗎？」

「沒禮貌，人家明明就是美少女。」蔚可可鼓起腮幫子，不平地抗議。不過她很快就將這事拋到腦後，開始認眞地向一刻提供情報。「小語有給我看過呢，公會的老大眞厲害，畫的圖眞好看，我下次可以請他幫我簽名嗎？」

「簽妳……算了。」一刻摀著臉嘆息，放棄繼續糾正蔚可可的重點全錯了，反正對方的天兵也不是一天兩天的事。

「老大……不喜歡自己的圖被冒名。」秋冬語深得像看不見情緒的黑眼珠望向了莊千凌等人，「要打電話給他嗎？」

「慢、慢著！只不過是那種小……不對，我是說、我是說，我們剛剛說錯了！」一聽到秋多語居然打算撥電話，而且對方還有著「老大」這種可怕的稱呼，莊千凌和紀晴兒的臉瞬間刷白了。莊千凌更是急得一股腦兒站起，緊張地大叫道：「我們說是我們畫的，才不是那幾張，是更早之前的其他圖才對！我們只是記錯順序……才會不小心說錯！」

「對、對，就是千凌說的那樣！」紀晴兒連忙高聲附和道：「那個岩石湖畫的，我們只不過是忘記標出圖源來自哪裡、作者是誰而已，又……又不是故意的！」

彷彿因爲找到合適的理由又重新充滿了底氣，紀晴兒語氣中的慌亂漸退，甚至變得理直氣壯了起來。

「我們又不曉得網路上的這些圖也有版權，不是放出來就能讓人隨便用的嗎？」

「就是說嘛！」莊千凌的緊張也消失無蹤，她想到一個最理所當然的理由，不由得聲音更加大了起來，「而且大家都這樣做啊，我們只是學別人而已！」

「大家、別人……」一刻不耐煩地厲瞪向那群越說越起勁的高中生，「那別人去跳樓，你們他媽的也跳嗎？啊？」

瞬間，莊千凌和紀晴兒就像被噎住般啞口無言，只能張著嘴，卻想不出有什麼反駁的話可說。

要不是時間場合都不對，柯維安眞想替一刻鼓掌叫好。說得太好了啊，小白，不愧是我家親愛的！

然而，除了心知時間場合都不對外，阻止柯維安拍手的最主要原因是——房間的門板在同一時間遭人猛力推開，發出響亮又沉重的聲響。

宛如正宣告著什麼不祥的消息。

「黑令先生、一刻先生、維安先生！」早先前往一樓的紅髮少女倉促地飛奔進房內，英氣的臉上竟是難以掩飾的心焦。

「事情不太對勁……一樓大廳完全看不到我的族人！」

瓏月這話方一喊出，如同平地響起一聲雷，在房間裡激起莫大的震撼。

「什……看不到人是什麼意思？」柯維安錯愕地張大眼，想也不想地追問道，「就算是半夜，旅館櫃台不都會有人值班嗎？」

「你先讓瓏月說完。」眼見柯維安還想打破砂鍋問到底，一刻快一步地摀上他的嘴巴，用眼神示意瓏月繼續說下去。

「是、是的。」瓏月迅速地調整一下呼吸，縱使注意到房裡的氣氛似乎有異，也沒多問出口。當務之急，是先讓眾人明白一樓究竟發生了什麼事。

「我前往一樓，本想通知我的族人，卻發現櫃台空無一人。本以爲只是有事暫時離開崗位，可是不論我如何尋找，就是不見其他人。照以往，花見的櫃台不論何時都會有兩個人值班的，現在甚至連其他房務人員……也都像是平空消失一般。」

「少屁了！旅館的人怎麼可能平空消失？少開那種無聊的玩笑啦，你們該不會是故意要整我們吧？」聽完瓏月的話，許明耀只覺荒謬，加上一整晚累積下來的暴躁惱怒，使他忍不住破口大罵，「你們夠了喔！事情可以結束了吧！搞到現在煩不煩啊你——」

許明耀的最後一字尚來不及說完，另一道聲音已猝不及防地蓋了過去。

鈴鈴——鈴鈴鈴——

電話的鈴響在大半夜聽來格外尖銳刺耳，像是有人在扯著喉嚨慘叫。

房裡的人幾乎都愣住了，目光不約而同地看著那台擱在矮櫃上、兀自響個不停的電話。

「鈴鈴」一聲高過一聲，看起來似乎非得等到有人接起才肯罷休。

莊千凌、紀晴兒、許明耀像被那突來的電話鈴聲嚇到，臉色微白。

一刻和柯維安、黑令、瓏月對視一眼，在彼此眼中看到相同的心思。

半夜兩點多，誰會打電話過來？而且……是「旅館裡」的誰？

房間內的電話，外邊是無法打進來的，只提供內線聯絡。

另外一個重點是，接或不接？

這廂一刻等人猶在驚異，另一廂曲九江已然瞇起眼、微露不耐，就像是在對自己的安寧受到打擾感到不悅。

若不是一刻及時瞥見曲九江的指尖乍現紅光，立刻三步併作兩步地邁向前、抓起了話筒，恐怕那名半妖青年就要在下一秒燒了那台電話。

房間裡尖高的音響隨著一刻的動作終於化成靜止。

在所有人的注視下，一刻無意識地屏著氣，將話筒拿近耳邊。

「……喂？」一刻主動開口，但進入他耳中的卻是一片怪異的沙沙音響。

沙沙沙……沙沙沙……宛如訊號遭到干擾的聲音不停地重複著。

一刻的眉頭皺了起來，正當他打算直接掛掉這通詭異的電話，一陣細如蚊蚋的人聲竟飄了出來。

誰也不曉得一刻到底聽見了什麼，只看見他的表情變得古怪，眉毛擰得像要打結。

柯維安猛然想起了還有擴音這個功能鍵，急忙迅速撲上床，伸長手臂按下。

然而一刻卻在同時拿開話筒，眾人唯獨聽見沙沙聲傳出，就再沒有其他的了。

不過一刻並沒有將話筒放回去，反倒看向了莊千凌、紀晴兒、許明耀，然後說：「……找你們三個人的。」

「騙……騙人！」莊千凌第一個尖叫出聲，說什麼都不肯上前接過那通電話。

半夜有人打電話指名要找他們？怎麼想都太奇怪了！更不用說對方爲什麼會知道他們在這個房間裡？

「不要！我才不想接！」紀晴兒也大力地搖著頭，「叫明耀接，叫明耀負責接啊！」

「什……我……爲、爲什麼是我啊！」許明耀大吃一驚，頓時連話都結巴了，「怎麼可能有人、有人找我們啦，猜也知道是那傢伙唬爛的！」

這時，一刻已經不想再多費口舌和他們爭執。他只是沉著一張臉，本來就不親切的眉眼登時愈發陰戾，氣勢逼得許明耀瞬間一悚，不敢再多言。

沒想到許明耀身後的紀晴兒竟然趁勢將他往前一推。

「靠靠靠！」許明耀反射性向後慌亂一抓，非得要拉個人一塊。

紀晴兒在沒有防備之下，和許明耀一起踉蹌地跌靠向電話。

「許……」紀晴兒本想氣急敗壞地指責對方，可在此同時，沙沙聲中居然出現了細微的人聲。

「找……莊千凌、紀晴兒、許明耀……」分不清是男是女的聲音，就像落石墜入了池子裡，激起了不安的圈圈漣漪。

所有人都聽得一清二楚，那個不知道是誰的聲音，真的說出了莊千凌他們的名字。

被點到名的三名高中生噤若寒蟬，臉上血色全無。

發現莊千凌還站得離電話遠遠的，紀晴兒心裡頓生不滿與惱火。也不知道從哪來的力氣，她猛地拽住莊千凌的手臂，硬是將對方拉了過來。

或許是紀晴兒的眼神太過嚇人，莊千凌一時忘了如何反應。

「喂……喂？」在不得不有所動作的情況下，許明耀硬著頭皮、戰戰兢兢地擠出了聲音。

由於按了擴音鍵的緣故，話筒另一端的動靜整個房間都能聽見。

沙沙聲還在持續，方才的話聲有如曇花一現。可緊接著，又有誰的聲音出現了。

不再是細如蚊蚋、不再是分不出男女，而像數名年輕人在喧鬧嬉笑。

「來找我們……來找我們……」

「嘻嘻……」

「來找……」

「——來蘿岩湖找我們啊！」

霍然的嘶吼砸下，簡直就像夜間的野獸瘋狂咆哮。

離電話最近的莊千凌、紀晴兒、許明耀再也承受不了，恐懼像隻無形大手掐住他們的心臟，逼得他們只能放聲尖叫。

「不要啊！」

「這是什麼？這是什麼？我們不玩，我們才不要玩！」

「咿啊！不要來找我們！」

饒是男孩子的許明耀都嚇得整張臉發青了，連滾帶爬地衝向房間大門，更遑論是莊千凌和紀晴兒。

兩名少女眼淚奪眶而出，俏臉沒了丁點血色。見許明耀衝往門口，她們想也不想地跟著拔腿就逃，說什麼都不要在這詭異的房間多留一分鐘、一秒鐘。

那是什麼？那是什麼？就算是開玩笑也太過分了……更重要的是，有誰……會在半夜開這種恐怖的玩笑？

莊千凌和紀晴兒就像是怕自己被拋下，緊揪抓住許明耀不放。

突來的重量與衝力讓許明耀來不及防備，險些踉蹌地跌跪在外邊的走廊上。幸好他及時抓住房間的門把，才總算勉強穩住了身子。

「呼……哈……」許明耀大口喘氣，心跳如擂鼓。卻沒想到剛要直起身子之時，後方不知道是莊千凌或紀晴兒站不穩，重量猛地壓下。

「幹！」許明耀最終還是撲跌在走廊上，他狼狽地大叫，一時反倒忘記上一刻的驚恐。正想扭頭斥罵對方，但映入眼內的景象，讓他僵住了動作。他維持著仰頭的姿勢，嘴巴和眼睛都張得大大，幾乎不敢相信自己看見了什麼。

「這、這是……」莊千凌抓著紀晴兒的手也站了起來，她惶然地瞪著眼前的一切。她記得很清楚，明明花見旅館前一刻還亮著燈，雖不至於到燈火通明，但走廊上確實有著基本照明。

然而此刻放眼望去，盡是一片無邊無際的黑暗，四周像全被吞噬了；他們身後房門內透出的燈光是僅有的光明。

「爲什麼……爲什麼燈全沒了？」紀晴兒慌張地跑到走廊上，像是想要確認見到的不是幻覺。

就在這一瞬間，花見旅館的走廊燈光忽然又全亮了起來，彷彿上一秒只是錯覺，溫暖的燈光從未消失。

許明耀、莊千凌、紀晴兒都看傻眼了，可是當他們聽見房內傳出「喂，你們！」的大喊聲，他們一個激靈，不假思索地就是跑。

誰要在那個鬼房間繼續待著啊，又不是瘋了！

只是三名高中生才衝出幾步，雙腳就像被釘住一樣，動彈不得。
不是有誰從後抓住他們，而是他們又看見、又聽見——
嘻嘻……呵呵……
年輕男女的嬉笑聲隱約傳出。
同一時間，燈光乍暗！
許明耀等人的眼瞳瞠大，看著從走廊盡頭開始，燈光一盞盞循序暗下，黑暗一截截地快速逼近。
即使內心知道這時候要逃，而且越快越好，偏偏腦袋就是沒辦法下達指令給手腳。
許明耀、莊千凌、紀晴兒渾身僵直、手腳發冷，瞳孔駭然收縮，只能眼睜睜看著自己所站的位置就要被黑暗吞沒。
然而，燈光的暗滅停止了。
不過卻沒有人因此覺得鬆了一口氣。因爲站在走廊上的三人都看得分明，在黑暗裡，有比黑暗還要深闃的東西在扭動。
像是影子，又像是其他的東西。
它們最初站得遠遠的，接著一眨眼，站的位置就往前拉近一大截。再一眨眼，又往前；再一眨眼，又往前……它們移動得越來越快，靠得越來越近！

許明耀等人已經看清那是什麼，他們扭曲了臉，恐懼的尖叫卡在喉頭。

而那像是影子的東西也露出扭曲的表情，只不過它們是扭曲地咧出笑，隨後迅雷不及掩耳地拔起，撲竄向三名少年少女。

許明耀、莊千凌、紀晴兒再也做不出任何反應，他們大腦一片空白，眼裡的黑暗越擴越大，就要將他們兜頭覆蓋。

說時遲、那時快，白光和火焰倏然閃現，硬是搶先一步阻擋在三名少年少女身前。

那像影子的東西發出尖銳鳴叫，宛如受到驚嚇般飛也似地向後退，一晃眼已不見蹤影。

走廊上的燈光再度回復正常，看不出絲毫異樣。

及時出手的人是一刻、秋冬語和瓏月。

前兩人幾乎是零時間差地揮出白針與洋傘，兩柄武器呈現「X」形地交叉在許明耀他們身前。至於隨著燈光恢復便消隱的緋紅火焰，則是瓏月的狐火。

一刻沒想到他們一票人追出來後，看見的會是這幕景象。

那些詭異的黑影，和剛剛的電話有什麼關係嗎？這裡不是妖狐族經營的旅館，又為何……工作人員失蹤，怪事卻接連發生？

第十章

「柯維安，你知道那是什麼東西嗎？」一刻低聲問著身旁的同伴，趁著那三名高中生還沒回過神，迅速收起自己如劍長的白針，左手無名指上的橘色花紋也一併隱沒。

「不，我沒見過……不過我有錄下來。」柯維安低聲回答，不忘舉起自己的筆電，表示沒有錯過方才詭異的畫面。

「曲九江，有聞到妖氣嗎？」一刻的眉頭皺得死緊。

「別把我當狗，小白。」曲九江抱著胸，不冷不熱地說，「我沒有……」

「宮同學，這裡……沒有留下什麼明顯的妖氣。」黑令的聲音將曲九江未竟的話蓋過，同時也引開了一刻的注意力。

黑令神情有些凝重，並未發覺曲九江不悅地冷下眼，像是對別人打斷自己的話感到不滿。

「沒有明顯的妖氣？所以不是妖怪嗎？那它們又是什麼？」一刻煩躁地抓耙起頭髮。

「呃……鬼？」蔚可可放開光箭隱去的弓弦，認真地貢獻自己的意見，「剛剛的電話，不覺得超有鬼片的氣氛嗎？」

「氣妳的大頭。」一刻沒好氣地想敲上那顆總是異想天開的腦袋，但又怕敲笨了，對方兄長叫他負責該怎麼辦？最後他拍上蔚可可的肩膀，「妳，先把弓收起來。」

「咦？喔！」蔚可可趕忙凝神，手上抓的碧綠長弓轉眼化爲光束，鑽回她的右手背上，淺綠色的神紋似乎也跟著一閃，「可是宮一刻，你不認爲我的意見很有道理嗎？說不定眞的是有鬼呀。」

鬼……鬼！

蔚可可無心說出的字詞，卻像是響雷驚回了許明耀、莊千凌和紀晴兒的神智。他們雙腳一軟，竟驟然向下跌坐，蒼白的年輕臉龐上是如出一轍的巨大驚恐。

「喂，你們還好嗎？」蔚可可向來容易心軟，也不記恨對方先前闖進她們的房間，連忙上前幫忙攙扶。

「鬼……所以那果然是鬼？」莊千凌喃喃地說，眼神發直地瞪著空無一物的走廊，緊接著她猛然大力抓住蔚可可的手臂，「妳看到了吧？你們都看到了是不是？他們長得跟我們一樣……他們長得跟我們一模一樣啊！」

「什……」蔚可可反應不過來對方在說什麼，但那纖細的手指就像要緊緊掐進她的皮膚裡，讓她忍不住嘶氣一聲。

一刻立即就要扯開莊千凌的手，不過有人動作比他更快。

秋冬語的外表比在場任何人都弱不禁風，可是她的手臂飛快探出，轉眼就以超乎想像的力道拽開莊千凌，並且直接擋在蔚可可面前。

「可可，沒受傷……？」秋冬語平靜地問。

「沒事、沒事，我可也是神……」蔚可可想到這裡還有一般人在，吞下最後一個「使」字，「總之我沒關係的，重點是那個女孩子說的……和他們長得一模一樣是怎麼回事？」

「就是和我們長得一模一樣啊！你們剛是眼睛瞎了，都沒看到嗎？」莊千凌像受不了般，歇斯底里地拉高聲音。她這一激動，連帶也使得紀晴兒的害怕潰堤，失控地哭出聲來。

「爲什麼是我們……爲什麼偏偏是我們要碰到這種事？」紀晴兒哽咽地喊，眼淚越掉越凶，「不是說，要是看見跟自己長得一模一樣的人……就表示很快會死嗎？不要、不要，我才不想死……救救我們，拜託你們救救我們！」

紀晴兒七手八腳地從地面爬起，驚懼地一把抓住離她最近、看起來最不會拒絕人的娃娃臉男孩，她的眼裡有著難以掩飾的畏怕和緊張，「你們絕對不能丟下我們不管……嗚，我不想那麼快就死……」

柯維安的表情看起來古怪，他穩住手上的筆電，望了一刻一眼，在對方的眼中看見了相同的心思。

他深吸一口氣，然後慢慢地說：「我們只看見黑色的影子，沒看見你們說的……嗯，人。」

柯維安不知道那三人究竟瞧見了些什麼，因爲在他看來，先前撲竄過來的怎麼看就只是黑色的影子，充其量只有形狀肖似人影罷了。

一聽見柯維安的話，紀晴兒和莊千凌都呆住了。她們環視眾人，然而那一雙雙眼睛都在無聲地說明一件事——

他們沒看見她們所說的東西。

這不可能……她們明明就看見了、還聽見了……

「你們怎麼可能會沒看見？」許明耀像是壓抑不了諸多情緒衝擊——憤怒、恐懼、慌亂——爆出咆哮聲。他赤紅著眼，唾沫隨著怒吼噴濺，「那向我們衝過來的是和我們長得一模一樣的傢伙！他們還叫我們去找他們，去什麼鬼蘿岩湖找他們！難道你們連這也沒聽到嗎？那一定是鬼，花見旅館他媽的在鬧鬼！」

「斷無可能。」嚴厲開口的人竟是瓏月。

或許被她的氣勢所懾，許明耀一時只能張著嘴，說不出剩餘的話。

「花見不會有鬼，不會有你們所謂的人魂。」紅髮少女沉著臉，以不容置喙的語氣說，「凡是岩蘿鄉之內，都不可能有人魂存在。」

「什麼……什麼人魂？鬼才知道你在說什麼？」許明耀只覺對方在胡言亂語，故意耍著他玩。他幾乎想要給那名礙眼的少年一拳，但留在心底的驚悸還是蓋過了惱怒，他還記得眼下就只剩下這票人能夠依賴，要得罪也不能是現在。

「管、管他什麼魂，反正你們得想辦法！要不是你們逼我們到你們房間去，我們也不會接到那通電話，更不會遇上這種鳥事！」

「對……對啊，明耀說得對！」莊千凌緊緊抓著紀晴兒的手，說什麼都不會讓一刻等人甩掉他們，「所以我們要跟著你們，而且堯天是公眾人物，保護粉絲也是應……」

莊千凌的最後一字沒說完，有記拳頭已經直接轟砸向牆壁。

「應三小？」一刻面無表情地望著那三名少年少女，他的嗓音沒有特別起伏，反而更令人心生寒意。「你們是靠杯靠木夠了沒？閉上你們的嘴，否則哪裡有路就自己滾到哪邊去，老子沒義務幫你們收尾。」

許明耀、莊千凌和紀晴兒這回徹底噤了聲。一來是怕自己真的被丟下；二來是他們都瞧得分明，那名白髮男孩的拳下壁面凹陷，四周還擴裂出紋路。

以普通男生的力氣，絕對不可能一拳就將牆壁打凹的。

「這裡沒有鬼，沒有人魂？但是……」柯維安的自言自語被瓏月聽了進去。

瓏月本想解釋，黑令卻快了一步。

「因爲這裡，是岩蘿鄉。我……從左柚那裡聽說過。」黑令輕聲道：「這裡，有屬於妖族的鬼門。」

「妖族的鬼門？鬼門還有分族在用的嗎？」蔚可可也好奇地拉著秋冬語靠過來，和他們咬著耳朵。

「啊，是。」這次換瓏月嚴肅地回答，「妖魂和人魂不同，死後前往之地也不同，因此鬼門自然也不同。人類稱鬼門，我們妖族則是稱『幽燼之門』。其中一處的幽燼之門就位於岩蘿鄉，爲了避免人魂誤入，岩蘿全區都布下結界。即使有人類在此喪命，魂魄也會立即被彈離此地。」

「哇啊，聽起來還眞複雜……」蔚可可不禁有些愣怔。

「是啊，這下子……還眞的是非常複雜。」柯維安若有所思地低喃，眉宇間籠著一股只有自己才明白的凝重之色，「難道說，眞的是我……」

「你什麼？先別管什麼複不複雜的事，有件簡單的工作要先做。」一刻插口打斷了那段悄悄話，也將所有人的目光都拉過來，「你們不認爲，這裡變得實在太安靜了嗎？」

姑且不論找不到一樓工作人員的蹤影，接連發生這麼大的騷動後，居然沒有其他人出來查看。

就算退一步想，花見旅館今天就只有他們這幾組客人入住，問題是……

「車的聲音、鳥的聲音、狗的聲音……都沒有了。」秋冬語說。

這一刻的花見旅館，等於是被死寂包圍，這已經不是正常的安靜狀態了。

許明耀等人也終於發現四周安靜得太不尋常，他們哆嗦著，緊緊抓著彼此的手，不敢放開。

他們從來沒想過，原來自己的呼吸聲可以如此清晰，如此令人倍感不安。

一刻抬眼望著自己的同伴，最後像達成共識般輕點下頭。

這名白髮男孩沒有多廢話，只是拋下了一句：「到一樓去！」

□

旅館的大廳和之前一刻等人見到的一樣，沒有絲毫改變。

暖色系的燈光照耀在木質櫃台和家具擺設上，讓人容易心生放鬆之感。可是，現在沒有一個人會感到心安。因爲如今該有旅館人員留守的櫃台裡空蕩蕩的，沒有任何蹤影。

大廳就和二樓一樣，也是安靜得不尋常，感受不到一絲人氣。

柯維安望了望，忽然鑽進櫃台內，毫不猶豫地動起旅館的電腦。

「柯維安？」一刻一愣，「你在幹什麼？」

「我在看他們的監視畫面。」柯維安一邊快速地動著十指，一邊說道：「小白，你們也過來看一下。」

雖然擅動櫃台內的東西不是很恰當，但眼下的確也顧不了那麼多了。

「你們看，走廊和樓梯間都沒有人。」柯維安俐落地切換幾個畫面，好讓圍在附近的眾人能看清楚，「恐怕花見裡眞的就只剩下我們而已了。小白，你再打個電話給狐狸眼的，看他開機了沒。這次事情想必沒那麼簡單，得叫他趕緊回來救人。」

靠，他還眞忘了手機這玩意的存在！一刻咒罵自己的大意，迅速掏出手機，要聯絡尚未歸來的安萬里。

見狀，瓏月和黑令也像受到提醒，恍然記起身上還有這麼一個文明利器。

只是一刻的眉頭很快又皺了起來，他咋了下舌，「不行，沒訊號，根本打不出去。」

「我的也是。」瓏月繃著臉部線條，握著手機的五指無意識收緊，「無法聯絡上其他近衛或是阮鳳娘。」

「我的……也打不出去。」黑令蹙眉，將手機收了起來，「想必不是剛好都沒訊號。」

「操，有人動了手腳嗎？」一刻啐了一聲，目光隨即掃向曲九江，「你的也不行？」

「你要我打給誰？」曲九江扯了下嘴角，露出嘲弄般的弧度，「前提是在有訊號的情況下。」

「幹！不能打還扯那麼多廢話，你是多想讓人知道你沒朋友嗎？」一刻給了曲九江一記眼刀，再轉向蔚可可和秋冬語。

兩名女孩子都搖搖頭，表示她們的手機也不行。

同時所有人的手機都沒訊號，怎麼看都像是有鬼。

問題是，他們還搞不清楚對方的身分、意圖，唯一的線索就是這事和那三名高中生脫不了關係，以及……

一刻銳利地盯住不敢隨意說話的許明耀、莊千凌、紀晴兒。

他們三人顯然被一連串的變異嚇壞了，再也沒有原先的蠻橫脾氣，反倒不時驚慌無措地東張西望，就怕那些黑影再次現身。

「小白，確定了！」柯維安驀地從電腦後探出頭，「我順便看了下花見的住宿名單，今天的房客就只有我們這些人沒錯。我猜繼續待在這裡也不會有什麼新發現，我建議我們分組行動，你覺得怎樣？」

「分……等一下！你們不能拋下我們！」莊千凌再也忍耐不住，緊張不已地叫道。

「吵死人了，聽人把話說完。」一刻的眼一瞪，瞬間讓莊千凌閉上嘴巴，他的視線又回到柯維安臉上，「蘿岩湖、西山部落，對吧？」

「賓果！小白，你真不愧是人家心愛的，我們是心有靈犀一點通啊。」柯維安咧出大大的笑容，神采飛揚。他揹著包包又從櫃台鑽了出來，無視一刻對他的話翻了下白眼，他笑嘻嘻地說道：「既然狐狸眼的是到部落去了，那我們就分一組人也到那裡；另一組人則到蘿岩湖去探個究竟。畢竟那個不知道是誰的幕後黑手，也擺明了要我們去那地方。」

「可是，要怎麼分組才好？」蔚可可舉手發問。她去哪邊都無所謂，但現場人的確有點多，再加上許明耀他們，總共有十個人了。

「我拒絕和那三名蠢得要死的人類一起行動。」曲九江冷淡地說：「要是同組了，我可不保證。」

曲九江的話說得不明確，不過和他同寢一年的一刻與柯維安，倒是明白那句話的完整意思。

——要是同組了，我可不保證會不會燒了他們。

「小白，你的室友眞難搞。」柯維安小小聲說。

「那也是你室友，別說得只有我一人份。」一刻瞪他，「你應該想好怎麼分了，別浪費時間了。」

「嘿嘿，果然知我者……咳，我馬上說。」柯維安趕緊轉回話題，以免眼刀再刺來，「部落的位置瓏月最清楚，所以一定得由她負責帶路。只是蘿岩湖的方位……」

「蘿岩湖在青礦谷公園內，那裡有條被封起的小路，沿著小路進去就可以到達。」瓏月說。

「原來就是鳳娘小姐曾提過的地方，很好。」柯維安彈下手指，毫不猶豫地列出自己的決定名單，「小白、曲九江、小可、小語負責蘿岩湖，我和瓏月、黑令還有那三個小朋友一起入山。」

「媽的，你說誰是小……」許明耀的不滿馬上就被兩隻手摀住。

莊千凌和紀晴兒用力地摀著他的嘴，就怕他惹得其他人不快，將他們分到另一組去。

別開玩笑了，誰要到那個什麼湖的……萬一又碰上那跟他們長得一模一樣的鬼怎麼辦？再怎樣想，都是另一條路線安全多了！

一刻自然對此沒有意見，只是他不免有些訝異柯維安居然沒有要和自己一塊行動。若是以往，那名娃娃臉男孩早就自動自發地黏過來了。

不過一刻也沒多問，他相信柯維安自有考量。那張稚氣的臉皮底下，向來藏著出人意表的縝密心思與機敏。

於是一刻點點頭，接下來的行動就這麼定案。

眾人分成兩組，走出了旅館大門。剛一踏出門口，瀰漫周遭的死寂就令人深感不安。縱使是夜半時分，縱使這裡僅有花見一幢旅館，也不該靜得連點聲音也沒有。

就像一切都被凝固住了。

襯著沿路仍是運作正常的路燈，反倒顯得詭譎非常。

花見旅館所在的位置偏高，往下俯望還能見到順著岩蘿溪伸展的道路。但是路上同樣不見人影，更不用說是車輛經過。

一刻和柯維安都是來過岩蘿鄉多次的人，知道這處觀光地區就算在半夜，也不曾荒寂至此，他們簡直像是身處在一座人去樓空的空城裡。

「或許……」黑令抬頭環視，「我們在不知不覺中誤入了敵方的結界。假使前往部落，也很有可能撲一個空。」

「但也不得不去。」一刻說，「黑令，其他人就拜託你多照顧了。」

或許是那名金褐髮男子身為左柚朋友的關係，一刻自然也對他生出了幾分信任。

左柚……一刻想起那抹許久未見的纖弱身影，不由得握緊了拳，他只希望對方也能安然無事。

「這是當然，還請放心地交付給我。」似乎是欣喜於崇拜對象對自己的請託，黑令流露出真摯靦腆的笑，一手橫置胸前，微微地傾身點頭。

「等一下，小白親愛的，人家要抗議！」柯維安不平衡了，他硬擠過來，哀怨地瞅著一刻，「不是該拜託你的好麻吉，也就是機智的我嗎？」

「機智你妹。」一刻不客氣地一掌拍上那張娃娃臉，「等你的體力值點滿再說。好了，少說廢話，該做什麼就做什麼。曲九江、蔚可可、秋冬語，我們也走吧。」

「沒問題的唷。」蔚可可活力十足地敬禮，她的精神可以說是好過頭了。

「沒問題……加一。」秋冬語也舉起手，白瓷般的臉蛋上還是沒有特別表情。

曲九江沒表示，最多是不耐地抬高下巴，要一刻別多浪費時間了。

由於蘿岩湖與妖狐部落反方向，所以一組人馬要往下走，另一組人馬則要深入山裡。一刻等人正要往下走。

「等等，柯維安。」一刻忽地又回頭。

「喔喔！小白，我就知道你一定會想問我的。」柯維安眉開眼笑地暫時脫離隊伍，三兩步跑向一刻，「你一定想問《夢夢露的祕密夢想》是誰寫的，我怎麼會認識對不對？其實就是副會長，那個狐狸眼寫的。不過他專寫糟糕小說，就是十八禁，這事可是連老大都不知道，否則他鐵定會被扒皮。」

「我操！誰想知道這種事啊！」一刻黑了臉，有些後悔將柯維安喊過來。

「狐狸眼寫得可火辣了，小白，我告訴你啊……」眼見其他人像對他們的話題失了興趣，柯維安裝作沒看見一刻黑得如鍋底的臉色，倏地拉住他的一隻胳膊，將他往下拉，自己則是湊到他耳邊。

瞬間，一刻的瞳孔收縮，驚異的眼神瞪著柯維安。直到感覺到胳膊上的力道加劇，他才迅速穩下神情。

「就是這樣了，小白，我回去可以把文章傳給你看喔。」柯維安笑咪咪地朝一刻拋個媚眼。

「你……」一刻反常地沒有使用暴力，他深吸一口氣，說出了最開始就想說的話，「柯維安，你自己也小心一點。」

語畢，一刻不再拖拉，轉頭就和另外三名同伴往山下走。

「喂，我們也可以走了吧？」看見最給人壓迫的那幾個人都離開了，許明耀大了膽子，立刻急急催促道。

柯維安撓撓頭髮，往前跑了幾步，卻又突然停下。他往身上口袋摸一摸，然後驚呼一聲。

「這次又是怎麼了？」莊千凌也不耐煩地質問，受不了那名娃娃臉男孩一再拖拉。

「傷腦筋，我好像有東西忘在房間裡……」柯維安這話是對著黑令和瓏月說的，他雙手合十，臉上滿是歉意，「不好意思，能不能再等我個五分鐘？我去房間一趟，馬上就回來！」

黑令和瓏月自是不會反對，何況對方是名神使，獨自回花見旅館想必也不會有大礙。

將許明耀等人的咕噥抱怨視作無物，柯維安快步回頭奔向旅館大門，一下就進了大廳，直衝二樓。

跑回自己的房間後，柯維安沒有四下搜尋起他口中的「遺忘的東西」，反倒直接盤腿坐下，從包包裡掏出了筆電擱在腿上，俐落地敲打鍵盤、移動手指，立時便打開了網頁和

SKYPE。

事實上，柯維安根本就沒有東西忘了帶。他只是編了個藉口好能讓自己獨處，以便完成他想做的事。

雖然現在的岩蘿不知道爲什麼擋住了手機的訊號，包括花見旅館櫃台的電腦、電話也都無法對外聯繫，可是柯維安有自信，自己的筆電還能正常運作。

因爲這可是張亞紫送給他的。

文昌帝君送的筆電，當然不是一般凡物。

當SKYPE一連上線，柯維安有些吃驚自己居然馬上就被人敲了。一瞧見對方的名字，他不禁大喜。

敲他的人是楊百罌。

「太幸運了！」柯維安不明白楊百罌怎麼這時還未睡，但他正好有事要問她。覺得打字的速度不夠快，他乾脆發了視訊邀請；而對方也像是反射性地接受了。「班代、班代，妳這時候在線上眞是太好了。」

「柯維安，你……」出現在螢幕上的褐髮女孩像是有些吃驚，彷彿不明白柯維安爲什麼堅持要用視訊。可她隨即又鎮定下來，恢復以往的高傲，「你爲什麼要開視訊？你沒注意到現在幾點嗎？保持安靜是一般人的常識吧。」

「放心好了，班代，小白和曲九江去外面看夜景，不用擔心會吵醒他的。」柯維安哪裡不知道楊百罌的真正心思，隨口就胡謅了一個理由。

「少胡說了，誰會擔心那種事？」楊百罌語氣冷硬，眉眼間卻有一閃而逝的慌亂，顯然被一語猜中了內心，「只不過是剛好開完狩妖士會議不久，所以就上網找一些資料，碰巧看見你上線。」

「開會開到這麼晚啊……」柯維安咋舌，「班代現在是在哪裡？」

「在符家的客房裡，這次召集地點在他們本家。狩妖士白日都有各自事務，才將時間訂於夜間，接下來還有幾天會議。」楊百罌冷淡地說，接著嗓音裡出現了一絲的遲疑，「社遊……好玩嗎？」

「還挺好玩的。」而且是「好玩」得太過頭。想到今晚的一串異變，柯維安都覺得有滿肚子心酸了，可表面上還是端著招牌笑臉，「小白說會買紀念品回去的。」

「咳……其實也不用那麼費心。」楊百罌臉上的冷漠崩塌一角，長長的眼睫毛垂了下來，好似要掩飾美眸內的欣喜，「但，買了也沒關係的。」

要不是時機不對，柯維安眞想好好感嘆一番。他家小白眞是太厲害又太遲鈍了，能讓系上的系花傾心，卻又絲毫感受不到別人的心意。

「班代，我有問題想問妳，很重要的。就是……」估計著五分鐘很快就要到，柯維安一邊語速飛快地拋出話，一邊點選著他需要的網頁。

楊百罌的聲音流露疑問，像不知道柯維安爲何會問自己那些問題，但依然將自己所知的一五一十告知。

越聽，柯維安臉上的笑意就越少，終至成了嚴肅和凌厲。

柯維安想起自己告訴一刻的話。

「小白，我告訴你啊……」

擱置一旁的手指驀地收緊。

——這個地方，有瘴異。

「柯維安？柯維安？」那突來的沉默似乎令楊百罌感到有異。

「沒事的，班代，我正好在想事情。」柯維安立即回神，他才正要告訴螢幕上的褐髮女孩說自己要先下線了，對方卻訝然地張大美眸，宛若瞧見什麼。

「柯維安，你……」

「你在跟誰說話嗎？」房間裡冷不防地響起另一道聲音，柔和年輕，而且是屬於男性所有，「我以為你是來找東西的，柯……維安同學，不知道我這樣叫你，你介不介意。」

柯維安一震，飛也似地轉過身，背後的筆電同時被他一把蓋上，藏起螢幕上的一切資訊。

佇立在柯維安面前的，是名俊美秀雅的金褐髮男子，黑眸如深潭，微笑起來則若三月春風。

「你的東西找到了嗎？我擔心，因此上來看看情況。」男子溫和地說：「雖然我有點意外，你的筆電原來還能連上網路。你在……和誰說話呢？」

「哎哎，我也沒想到我的筆電能連上，想說試試，結果還眞的中了。」柯維安抱著筆電站起，稚氣的娃娃臉上是開朗的笑靨，完全看不出前一秒的震驚，「我的東西找到了。至於我在和誰說話……是漂亮的女孩子，我們社團的一名社員，她因為要參加狩妖士會議，才沒辦法來岩蘿。」

看見那雙黑眸裡的笑意凝止，柯維安笑咪咪地繼續說：「她是楊家的現任家主，她告訴我，她雖然和黑家的成員沒有私交，但也認識黑令這個人，對他有基本的了解。可是，你猜她最後一句跟我說了什麼？」

柯維安並不像是眞的要得到答案，頓了一下，他直視那雙黑潭般的眼睛。

「她說，『柯維安，你身後站的人是誰？』」

偌大的房間在這一瞬間靜得有如針落可聞。

柯維安望著那名金褐髮男子，再一次地笑了。明明是天真開朗的微笑，卻有著像看破一切的銳利與深沉。

他說：「黑令先生，不，堯天先生，你……究竟是什麼人？」

〈西山妖狐與岩蘿之鄉〉完

神使繪卷の小劇場！

柯維安

社長、社長，我告訴你，小白今天只對我罵了一次髒話，這一定是他終於了解到我對他的深深愛意，這也代表著他明年情人節一定會陪我買光所有電影院的單號票，詛咒那些想放閃光的人放不了閃對不對？

安萬里

嗯……我說，維安。

柯維安

哎，是？

安萬里

想像力豐富是好事，不過腦補得太多，就是病。做人何苦放棄治療呢，對吧？

後記

今年的冬天特別寒冷，這次的冷氣團威力太可怕了！

在寫卷五後記的時候，房間氣溫大概是十一、二度吧，手指都冷冰冰的，打字速度也變得好慢。希望在卷五上市的時候溫度已經回升很多了，不然包得像愛斯基摩人，行動上總是有困難啊。

好了，以下回歸卷五內容的討論XD

希望這次也帶給人不少驚喜，這回從旁人的觀點，重新帶出曾在《織女》中出現的角色，也就是對一刻相當重要的堂姊，宮莉奈。就算是經過這幾年，莉奈的整理技能依舊沒辦法點到滿點，反倒還讓一〇一寢的三位男性都發出了哀號。

而除了宮莉奈和江言一外，讓大家心心念念的四尾妖狐，左柚，也在本集稍微露一下臉，雖然只是背影而已。但是既然場景移到妖狐族的大本營，那麼正式見到這位傳說中的副族長登場，也是很快的事了～

在卷四中是蘿莉回，那麼卷五就改成帥哥回XD雖然說瓏月並不是眞正的美少年，不過自己很喜歡她一板一眼的認真個性，和柯維安在更衣室裡的對打也是私下很喜歡的場景。只不過辛苦了柯維安，必須只穿著一條四角內褲和妖狐近衛拚體力。

關於卷五中仍有許多謎未解開，例如（偽）黑令的真正身分、高中三人組和神祕電話有什麼牽連……所有線索在本集都已經鋪好了，接下來下一集就會是解答篇。

最後，關鍵字預告又來了～

岩蘿鄉、蘿岩湖，四尾妖狐終將現身！

醉琉璃

【下集預告】

神使繪卷 06

The Story of GOD's Agents

空無一人的岩蘿鄉、失去聯繫的安萬里，
重重謎團包圍住一刻等人⋯⋯

隱瞞眞正身分的黑令究竟是友是敵？
蘿岩湖又有什麼等著眾人前往？
不知不覺中，危機正無聲進逼了！

卷六・陰七月與幽燼門

4月，火熱推出！

路邊攤　著

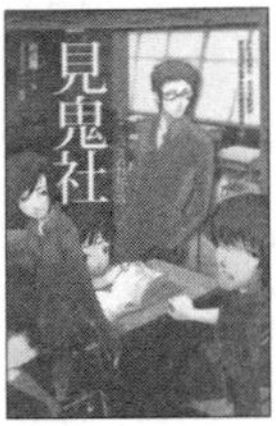

最新校園傳說、令人戰慄又懷念的校園鬼故事！

見鬼，就是我們社團的宗旨！還記得學生時代校園裡百般的驚悚鬼故事嗎？故事的開頭總是「聽說」而不是「我看到」。因爲沒有人眞正看到過，所以更有無限的想像空間……

當教室是通往異界的入口、廁所鏡子是勾人心魄的凶器、自然現象中加上了絕對無法想像的「東西」後，你還確定世界是安全的嗎？誰知道這些故事（事實？）何時會消失，何時會再度甦醒？

見鬼社

明日葉　著

淡淡心動滋味，無厘頭搞笑風格，夏日清爽開胃讀物！

炎炎夏日某一天，故事就從女孩向男孩搭訕的第一句話開始——
「你好！我是外星人，可以跟你做朋友嗎？」
這天外飛來的清靈美少女頭腦似乎……有點怪？
女孩無厘頭的個性，讓男孩平靜的校園生活瞬時風雲變色。不過，所有事件的背後都藏了無數巨大的祕密，讓人意外的眞相說明了她的「超能力」，也解釋男孩腦中的異樣感。
那天，在櫻花樹下許下的願望是……

外星少女
要得諾貝爾和平獎

醉琉璃　著

揉合神話與青春校園的奇幻冒險！

宮一刻是個熱愛可愛事物的不良少年，莫名車禍後，他開始能見到人類身上冒出的「黑線」。滿懷不解的他第一次遇上渾身粉紅蕾絲邊的可愛女孩時，就不應該再奢求平靜的校園生活了……

蘿莉小主人、靈感雙胞胎、僞娘戰友、巴掌大壞心眼少女……無敵怪咖成員們，織成驚心動魄兼囧笑連連的每一天。以線布結界、以針做武器，還要和名爲「㾇」的怪物作戰，不得已訂下契約的一刻，將展開一段名爲熱血的打怪繪卷！

織女系列（全八冊，番外一冊）

醉琉璃　著

《織女》二部來襲！不管是神明、人類或妖怪，都大鬧一場吧！

不思議事件狂熱者室友A，是個手持巨大毛筆的「神使」？一臉酷樣的少女殺手室友B，還是個活生生的「半妖」？這些宛如動漫的名詞突然殺出，低調眼鏡男只能輸人不輸陣，變身了！？

不敬者破壞封印，釋放了不該釋放之物！神使公會曝光，舊夥伴、新搭檔陸續登場——「他」無奈表示：爲啥我得聽一個男人說「我願意」呀！！

神使繪卷系列（陸續出版）

香草　著

脫掉裙子、剪去長髮，誰說公主不能大冒險！
心跳100%，詭異夥伴相隨的刺激旅程！！

一連串恐怖陰謀與噩耗的重擊下，西維亞公主一肩扛起天上掉下來的任務：「解救皇室危機」
在淚眼矇矓卻有一副好毒舌的侍女「歡送」下，
聚集超級天然呆魔法師、知性腹黑與爽朗隨性的青梅竹馬騎士長，
西維亞正式展開以守護國家爲名的嶄新冒險。

傭兵公主系列（全六冊，番外一冊）

香草　著

史上最沒幹勁的勇者，被迫上路！

夏思思是個絕對奉行「能坐不站、能躺不坐」的17歲少女。卻被自稱「眞神」的神祕美少年帶到了異世界！身爲現役「勇者」，也爲了保住小命，她只好心不甘情不願地踏上保護世界的麻煩旅程。

誰知道旅程還未展開，思思便被史上最「純潔」的魔族纏上？帶著一夥實際身分是聖騎士、偏偏又很難搞的夥伴，決定兵分兩路行動的新手勇者夏思思，前途無法預測！

懶散勇者物語系列（陸續出版）

倚華　著

輕鬆詼諧又腹黑，加上充滿絕妙個性的吐槽，全新創作！
這是一個關於友情、愛與責任的故事……（才怪！）
事實上，這是關於一個又脫線又白痴傢伙的故事。（也不是啦！）
皇家禁衛組織，一個集合了眾多「奇特」成員的團體，夥伴們該如何相親相愛地完成屬於他們的特別任務呢？

東陸記系列（陸續出版）

可蕊　著

異世界的新手，驚險連連的冒險新章！
眞是巧合？還是有人背後搞鬼？工作飛了、正面臨斷糧危機的楚君從意外甦醒後，發現自己和愛貓娜兒掉入了某個彷如電玩遊戲的奇幻國度，靈魂更雙雙進入了擁有「絕世容貌」的新軀體！

楚君和娜兒對新世界沒有任何知識與概念，但屬於「身體」的原始記憶，卻在接近眾傭兵團目標之地後漸漸覺醒。她們的身體原來是誰的？這些記憶是否具有特殊意義？而楚君手中那枚拔不掉的詭異戒指，要如何在一卡車「狩獵眞有趣」的生物環伺下，解救主人？

奇幻旅途系列（陸續出版）

米米爾　著

少喝了口孟婆湯，留幾分前世記憶。
16歲女高中生偵探，首次辦案！

嬌小又低調的偵探社社長．滕天觀，迫於種種原因，無奈地接下來自學生會長的「委託」，誰知，對方竟還附贈一個據說「很好用」的司馬同學！到底是協助調查還是就近監視，沒人說得清。

帶著前世「巡按」記憶轉世的少女偵探，推理解謎難不倒，人心險惡司空見慣，但老成淡定的她，卻總在看到「他」時，想起了什麼……

天夜偵探事件簿系列（陸續出版）

林綠　著

每個人生來都伴著一顆命星，
在最晦暗不明的時刻，爲我們指引前路——

靈異研究社，顧名思義，集合了一票膽大於天的少年少女，社長是憑著滿腔熱血做事的千金小姐，掛名副社長的是陸家風水師，
成員包括粉紅系男孩、甜美女孩、孔雀般的貴公子、毒舌學姊；
對了，還有負責打雜的校草，喪門。

喪門其實對另一個世界毫無興趣，迫於人情加入靈研社，
竟捲入一連串不可思議的事件……

眼見爲憑系列（陸續出版）

魔豆文化徵稿啟示／投稿辦法

耕耘華文原創作品的出版，一直是魔豆文化所致力的目標，希望將來能與更多創作者一起成長，歡迎充滿熱情、創意與想法的創作者加入我們：）

投稿相關規定可以參考下列網址：

http：//gaeabooks.pixnet.net/blog/post/8543422

投稿信箱：editor@gaeabooks.com.tw

國家圖書館出版品預行編目資料

神使繪卷. 卷五,西山妖狐與岩蘿之鄉 / 醉琉璃 著.
——初版. ——台北市：魔豆文化出版：蓋亞文化
發行，2014.02
面； 公分.（Fresh；FS056）
ISBN 978-986-5987-37-4
857.7 102019923

fresh FS056

神使繪卷 05

作者 / 醉琉璃
插畫 / 夜風 封面設計 / 克里斯
出版社 / 魔豆文化有限公司
地址◎ 台北市103赤峰街41巷7號1樓
電話◎（02）25585438 傳眞◎（02）25585439
部落格◎ gaeabooks.pixnet.net/blog
臉書◎ www.facebook.com/Gaeabooks
電子信箱◎ gaea@gaeabooks.com.tw
投稿信箱◎ editor@gaeabooks.com.tw
郵撥帳號◎ 19769541 戶名：蓋亞文化有限公司
發行 / 蓋亞文化有限公司
法律顧問 / 宇達經貿法律事務所
總經銷 / 聯合發行股份有限公司
地址◎ 新北市新店區寶橋路二三五巷六弄六號二樓
電話◎（02）29178022 傳眞◎（02）29156275
港澳地區 / 一代匯集
地址◎ 九龍旺角塘尾道64號龍駒企業大廈10樓B&D室
電話◎（852）2783-8102 傳眞◎（852）2396-0050
初版三刷 / 2016年06月
定價 / 新台幣 220 元
Printed in Taiwan

ISBN / 978-986-5987-37-4

FS056

神使繪卷 05

魔豆文化　讀者迴響

感謝您在茫茫書海中選擇了魔豆，您的支持是我們最大的動力。
不要缺席喔，讓我們一起乘著夢想的羽翼，穿越時空遨遊天地！

姓名：	性別：□男□女	出生日期：　年　月　日
聯絡電話：	手機：	
學歷：□小學□國中□高中□大學□研究所	職業：	
E-mail：		（請正確填寫）
通訊地址：□□□		
本書購自：　縣市　書店		
何處得知本書消息：□逛書店□親友推薦□DM廣告□網路□雜誌報導		
是否購買過魔豆其他書籍：□是，書名：		□否，首次購買
購買本書的動機是：□封面很吸引人□書名取得很讚□喜歡作者□價格便宜□其他		
是否參加過魔豆所舉辦的活動： □有，參加過　場　□無，因爲		
喜歡出版社製作什麼樣的贈品： □書卡□文具用品□衣服□作者簽名□海報□無所謂□其他：		
您對本書的意見： ◎內容／□滿意□尚可□待改進　◎編輯／□滿意□尚可□待改進 ◎封面設計／□滿意□尚可□待改進　◎定價／□滿意□尚可□待改進		
推薦好友，讓他們一起分享出版訊息，享有購書優惠 1.姓名：　e-mail： 2.姓名：　e-mail：		
其他建議：		

◎請沿虛線剪開、對摺、裝訂後寄出

◎請沿虛線剪開、對摺、裝訂後寄出

廣告回信 郵資免付
台北郵局登記證
台北廣字第675號

魔豆文化有限公司　收
103 台北市赤峰街41巷7號1樓

魔豆

魔豆